柑橘ゆすら
イラスト 青乃下
キャラクター原案 長月郁
6
王立魔法学園の最下生
～貧困街《スラム》上がりの最強魔法師、貴族だらけの学園で無双する～

アルス・ウィルザード
昼は王立魔法学園の学生、
夜は魔法師ギルド《ネームレス》の最強暗殺者《アサシン》だったが、
王都暴動後は《ネームレス》をやめさせられる。
「俺のチョークは大砲だ」
「あがっ」
ケシカスの威力を
銃弾に喩《たと》えるのであれば、
チョークの威力は
大砲のレベルに達している。
本気を出して強化をすれば、
人間どころかドラゴンの
一匹くらいは訳なく
吹き飛ばすことができるのだ。

「うぎゃっ」
「おごっ」
強化したチョークを受けたテロリストたちは、教室の壁に激突して、気絶していく。

CONTENTS

THE IRREGULAR OF
THE ROYAL
ACADEMY OF MAGIC

ダッシュエックス文庫

王立魔法学園の最下生6

～貧困街《スラム》上がりの最強魔法師、貴族だらけの学園で無双する～

柑橘ゆすら

一話　アルスと選択授業

俺こと、アルス・ウィルザードは、幼い頃より、闇の世界に身を置いている裏の魔法師である。

いや、裏の魔法師だったという過去形で表現しておくべきか。

王都の騒乱事件が起きてから数カ月が経ち、荒廃としていた街並みは、次第に落ち着きを取り戻していった。

俺はというと時々、謎の刺客《しかく》たちに襲われながらも『普通の学生』としての生活を送っている。

どうやら、俺を襲ってきた連中は『松竹梅《しょうちくばい》』と呼ばれている隣国では、それなりに名が知られている暗殺者《アサシン》だったようだ。

三人の刺客を返り討《う》ちにした以上、俺を狙うことは難しくなったということなのかもしれない。

『アルス・ウィルザード。本日をもって、お前は脱隊する』

あの日、俺は組織を脱退した。

国家の治安を守る秘密組織も、人々の生活を脅《おびや》かすテロ組織も、今となっては俺にとっては関係がない。

遠い昔の話だろう。

こうして俺は正真正銘《しょうしんしょうめい》、普通の学生となったわけだ。


「それでは、各自、自分の希望のコースを記入したプリント用紙を提出してくれ」


さて。

今現在、俺が何をしているのかというと、朝のＨＲ《ホームルーム》の最中であった。


「言っておくが、周囲との相談は禁止だぞ。各自、他人に流されずに、自分の意志で決めるように」


教壇《きょうだん》に立ち、生徒たちに指示を飛ばすのは、リアラである。

強制の二択か。

生憎《あいにく》と職業柄、二択には良い思い出がないのだよな。

『お、お願いだ！　命だけは助けてくれ！』

『故郷には女房と娘を残している！　来週には娘の結婚式に出る予定になっているんだ！』

その時、俺の脳裏《のうり》に過《よぎ》ったのは、銃口を突き付けられて、命乞《いのちご》いをするターゲットの姿であった。

裏の世界の二択は、常に《生と死《デッドオアアライブ》》に直結するものであった。

極限の状態で突き付けられる二択は、その後の運命を大きく変えるものだったのだ。

プリントを捲《めく》って、書かれている文言を確認してみる。

1．音楽コース

2．美術コース

貴方《あなた》が希望するコースを選択してください。

ふむ。

まあ、俺たち『普通の学生』に与えられた選択といえば、こんなレベルだろうな。

選択授業か。

この選択が将来の運命を大きく変えるとは思えないが、精々、気の向く方を選ばせてもらうことにしよう。

〰〰〰〰〰〰〰〰〰〰〰〰〰〰

それから。

朝のＨＲ《ホームルーム》が過ぎて、自由時間となった。

「なあ。お前、どっちを選んだんだ？」

「ふふふ。当然、音楽さ。ボクは五歳の頃からヴァイオリンを習っていてね。音楽の腕前には相当な自信があるよ」

リアラから突然の二択を突き付けられたからだろう。

教室の中は、選択授業の話題で持ち切りになっていた。

「おはようございます。アルスくん」

最初に声をかけてきたのはレナだ。

赤髪のお団子&ツインテールが特徴的な女であった。

優等生的な雰囲気《ふんいき》を醸《かも》し出しながらも、無駄に行動力のあるレナには、これまでにも幾度となく振り回されてきたような気がする。


「おはよー。アルスくん」


続いて俺に声をかけにきたのは、青髪のショートカットが特徴的なルウという女であった。

おっとりとした柔らかい雰囲気に騙《だま》されてはならない。

暫《しば》らく接して分かったのだが、このルウという女は、なかなかに腹黒い面があり、気の抜けないところがあった。


「ねえ。アルスくんは……」

「どっちを選んだの⁉」「どっちを選んだのですか⁉」


ふむ。

二人も選択授業のことが気になっているようだな。

別に隠すようなことでもないので、ここは素直に喋《しゃべ》ろう。

「俺が選んだのは美術だぞ」

「ふふふ。やりました！　アルスくんなら美術だと思っていたのです」

「えええ〜。そんなぁ〜」

二人の反応から察するにレナは美術、ルウは音楽を選択していたようだな。

いつも仲の良い二人だが、今回は別々のコースを選んだみたいである。

「理由を聞いても良いのかな。アルスくんが美術って。全然、イメージが湧かないよ」

ルウが不満そうに口を尖らせている。

たしかに俺は、今まで美術に興味を持ったことがなかった。

音楽であれば、昔、マリアナから色々な楽器を習っていたので、取り組みやすくはあったな。

「だからだろうな。知らないことだから、知ってみたいと思ったんだ」

過去の俺であれば、素直に自分の得意分野を選んでいた。

だが、今の俺は『普通の学生』に過ぎないからな。

学生の本分は言うまでもなく、『学ぶこと』にある。

であれば、今まで経験したことがないことにこそ積極的になるべきだろう。

「ふふん。やはり、ワタシの予想通りでした。最近のアルスくんは、知ることに貪欲《どんよく》ですからね」

「うう〜。そっか。最近のアルスくんなら、そういう選択をしてもおかしくはないか〜」

一体、何が、そんなに楽しいのだろうか。

俺の回答を聞いた二人は、悲喜こもごもの反応を示すのであった。


〜〜〜〜〜〜〜〜〜〜〜〜〜〜〜〜〜〜〜


でだ。

暫く学園生活を送っていると、選択授業の時間がやってきた。

どうやら美術の時間は、本校舎とは異なる別棟にある『美術室』なる場所で行われることになるらしい。

レナと共に長い廊下《ろうか》を渡り、別棟の美術室に移動する。

ここか。

ふむ。独特の油の匂《にお》いがするな。
これは絵の具の匂いなのだろうか。

「なあ。見ろよ。アレ……」
「ああ。アイツが例の奴というわけか……」

扉を開いた直後、生徒たちの視線が一斉に俺の方に集まるのを感じた。

「見ない顔が沢山《たくさん》いるな」
「仕方がないです。選択授業は、別クラスと共同でやるみたいですからね」

俺が庶民《しょみん》という特異な身分だからだろう。
美術室に入るや否《いな》や、別クラスの生徒たちから嫌な注目を集めてしまっているようである。

「静粛《せいしゅく》に。これより、神聖なる授業を始めるよ」

教壇に立ったのは、モジャモジャ頭の教師であった。

「諸君らに挨拶《あいさつ》をしよう。ワタシの名前はミッシェルである。ここ王立魔法学園で、美術教師をしているものだ」

初めて見る教師だな。

おそらく、この教師は普段別棟で授業をしているので、本校舎にいる俺たちとは接点がなかったのだろう。

「この授業では定期的に課題となる絵を提出してもらう。まず、最初にキミたちに与える課題は、『故郷の景色』だ。課題となる提出物は、毎回、厳正に採点をしている。見事、最高評価を得た作品は、ワタシの権限で、学長室の前に飾ることにしよう」

ふむ。故郷の絵か。

俺にとっての故郷というと《暗黒都市《パラケノス》》の貧困街《スラム》が該当《がいとう》するだろうか。

もしかしたら、本当の故郷は別にあるのかもしれないが、俺にとっては既に知る手立てはないことである。

「お粗末な作品を提出してきた人間は、単位がないものと思ってくれ。それでは、以降は課題制作のための自由時間とする。この部屋から出ていくのも自由だ。好きな場所で作業をしてくれ。描きたいモチーフがあるのなら、学園の外に出てくれても構わない。不明な点があれば、個人的に質問を受け付けよう」


早くも生徒たちに丸投げか。

だが、俺にとっては好都合である。

美術の授業を受けるのは初めてなのだが、比較的、自由な時間を過ごすことができそうだ。

特に好きな場所で作業ができるというのは有り難いな。

さて。

最低限の画材は、学園側が用意してくれるようである。

他の生徒たちは、列に並んで必要な道具を受け取っているようだ。


「驚いたよ。まさか庶民のキミに芸術を学ぼうという意志があるなんてね」


その男に声をかけられたのは、俺が画材を受け取った直後のタイミングであった。

はて。知らない顔だな。

おそらく別のクラスの連中だろう。

コイツは嫌な奴だな。

俺の勘がそう言っている。

「失礼。自己紹介が遅れたね。ボクの名前は、エドワード・クリューゲル。芸術で財を成した由緒《ゆいしょ》正しき、三つ星《トリプル》の貴族の家系さ」

困った奴だな。
この男、聞かれてもいないのに勝手に自己紹介を始めてきたぞ。
エドワードとかいう男は、特徴的な髪型をした細身の男であった。
芸術関係の人間は、全員、頭をモジャモジャにしなければならない決まりでもあるのだろうか。

「いいかい。庶民。芸術の分野は、高貴なる貴族だけが嗜《たしな》むことのできる崇高《すうこう》な領域だ。噂《うわさ》には聞いているよ。キミは少し喧嘩《けんか》が強いらしいね。だが、野蛮《やばん》な人間に芸術が理解できるとは思わないことだ」

ペラペラと口がよく回る男だな。
要約をすれば、この男は俺の存在を気に入らないということらしい。

「断言しよう。キミはボクとの才能の違いを思い知り、直ぐに筆を折ることになるだろう。その時を楽しみにしているよ」

「そうか。俺も楽しみにしているよ」

こういう手合いは適当にあしらっておくに限るな。

そう判断した俺は、冷たく受け答えをして、そっぽを向くことにした。

「〰〰〰っ！」

俺の思い過ごしだろうか。

冷たく受け答えをしてやると、エドワードとかいう貴族は余計に苛立《いらだ》ちを露わにしているようだった。

「クッ……。このような屈辱《くつじょく》を受けるのは初めてだ……。覚えておけ！　庶民！　ボクをコケにした責任は、キッチリと取ってもらうからな！」

一方的な言葉を浴びせてきたエドワードは、自分の席に戻って、鞄《かばん》を持ってから、美術室を飛び出していった。

ふむ。

この男、教師から画材を受け取らないようだな。

あの高そうな鞄の中には、自分で用意した画材が入っているというわけか。

「あの人、たしか隣のクラスの人ですね。なんて失礼な人なのでしょうか」

エドワードの態度を不快に思ったのだろう。

隣にいたレナは、不満そうに口を尖らせている。

「ん。そうか？　この学園では平常運転だと思うぞ」

面倒な貴族に付き合っていては、悪戯《いたずら》に時間を浪費するだけだろう。

俺が学生として過ごしていられる時間は、案外限られているのだ。

とにかく今は、課題に向けた準備を進めた方が良いだろう。

2話　故郷の絵

それから。
美術の課題を描くために、俺は学園を出て《暗黒都市《バラケノス》》を訪れていた。
ふむ。
授業の時間に制服を着て、街に出るのは新鮮な気分だな。
この《暗黒都市《バラケノス》》は俺が生まれ育った故郷と呼べる場所だ。
思い出すな。
当時の俺がパンを盗んで、半殺しにされたのは、この通りだった。
十年前、死にかけていた俺を拾ったのは、親父《おやじ》だった。
だが、時の流れは早い。
当時、俺が盗みに入ったパン屋は、いつの間にか、雑居ビルに変わっていた。
この通りは特に発展が著《いちじる》しいからな。
俺にとって想い出となるようなものは何も残っていないようである。

ふむ。こんな感じだろうか。

本腰を入れて絵を描いてみるのは初めてである。
俺はベンチに腰を下ろして、目の前の景色を模写してみることにした。
まずは、下描きからだな。
色を入れるのは、後回しで良いだろう。

「アルスくん。調子はどうですか？」

同行していたレナが、俺の絵を覗《のぞ》き込んできた。

「えっ!?　な、なんですか!?　この絵は……!?」

俺の描きかけの絵を目《ま》の当たりにしたレナは、口を開いて驚いているようであった。

「すまん。絵を描くのは初めてなんだ。下手過《へた》ぎたか」

「違いますよ！　上手《うま》すぎるという意味です！　絵を描くのって、本当に初めてなのですか？」

「こんなことで嘘を吐く必要はないだろう。人より少し器用なだけだ」

「凄《すご》いです……。手先が器用なんて言葉では説明が付かないですよ。どうして、こんなに上手《じょうず》に描けるのですか!?」

　ふうむ。

　どうして描けるのか、という説明が難しいな。

　模写をするために必要な観察眼と精密な動作は、暗殺業で培《つちか》ったものである。

　絵を描くのは初めてではあるが、今まで培った経験を掛け合わせれば、それなりのものを作れるということなのだろう。

　レナは評価をしてくれたようだが、俺は自分の絵の出来に対して満足していない。

　こんなものは、所詮《しょせん》、小手先のテクニックに頼っただけの紛《まが》い物《もの》に過ぎないのだ。

　芸術と呼ぶには、程遠い作品だ。

　時間をかけて彩色をする気も起きない。

　俺の描いた絵には『何か致命的に不足している要素』があるように思えてならないのだ。

「参考までに、お前の描いた絵も見せてくれ」

「ええ～。アルスくんの絵と比べられると見せにくいですよ」

「交換条件だ。俺の絵を見たのだから、俺にも見る権利があるはずだぞ」

「うーん。分かりましたよ。でも、笑わないで下さいね。本当に下手なんですから」


レナは照れながらも課題となる絵を見せてくれた。

そこに描かれていたのは、家族、それから謎に群生している果物などの食物の絵であった。

なるほど。

たしかに稚拙《ちせつ》な絵だな。

子供の描いた絵だという風に言われても納得がいく出来である。

自分で下手な絵と評しているのは、別に謙遜《けんそん》をしているわけではないようだ。

だが、何故だろう。

レナの絵には、俺に欠けている要素が詰め込まれているような気がしてならないのだ。


「……そうか。全て理解した」


俺としたことが失態だったな。

どうやら俺は、芸術というものを根本から履《は》き違えていたらしい。

単に見えている景色を模写するだけであれば、それは写真と変わらない。

絵の中に『自分の感性』を加えることにより、初めて絵画は、芸術として評価されるのだろう。

「やれやれ。まさか、お前に教わる日がくるとは思わなかったな」
「？.？.？.」

俺の言葉を受けたレナは、頭にクエスチョンマークを浮かべているようであった。
さて。
重大な気付きを得たので、今描いている絵は処分した方が良さそうだな。
選択授業で提出をする課題については、ゼロから描き直すことにしよう。

ビリビリビリッ！

気持ちを入れ替えるために俺は、完成間近の下描きを引き裂いた。

「ア、アルスくん……。一体何を……？　そんな綺麗《きれい》な絵、もったないですよ！」

レナはこう言っているが、俺としては何も問題に感じない。
この程度の絵であれば、いつでも描くことができるからな。
異変に気付いたのは、俺が決意を新たにした直後のことであった。

「うわあああん！　ママァァァ！」

子供の泣き声がするな。
どうやら少女が手にしていた風船を離してしまったようだ。
その時、俺の脳裏《のうり》に過《よぎ》ったのは、いつの日か親父から受けた言葉であった。

『なあ。アルよ。もしも殺してきた人間に対して償《つぐな》いたいと思っているなら、『自らの死』ではなく『他者の救済』という形で、叶えてみたらどうなんだ？　お前には、それだけの力が備わっているはずだぜ』

以前の俺であれば、所詮は他人事《ひとごと》だと判断をして、無視をしていただろう。
だが、考えようによっては、『他者の救済』を実現するチャンスなのかもしれない。
ふむ。
既に風船は、かなり高い場所に飛んでしまっているようだな。
この距離の風船を取りに行くのは、俺の脚力を以《もっ》てしても難しそうだ。
工夫《くふう》を凝《こ》らす必要がありそうだ。

身体強化魔法発動、脚力強化。

そこで俺が利用したのは、隣り合った場所に建てられた二棟のビルであった。

シュン！　シュン！　シュン！

俺は二つのビルの側面を交互に蹴《け》り上がる。

壁ジャンプと呼ばれる移動のテクニックだ。

瞬く間にビルを駆け上がった俺は、最後に大きく跳躍をして、天に向かって吸い込まれていく風船に手を伸ばす。

ふう。

間一髪《かんいっぱつ》のタイミングであったが、なんとか、風船をキャッチすることができた。

スチャッ！

無事に目的を達成した俺は、衝撃を殺す三点着地で、遥《はる》か上空から少女の前に降り立った。

「うわあああああああん！」

んん？　これは一体どういうことだろうか。

無事に風船を取り戻したにもかかわらず、少女は一向に泣き止んでくれない。

ふむ。

俺としたことが迂闊《うかつ》だったな。

いきなり知らない男が空から降ってきたら、怯《おび》えるのも無理はないか。

彼女の警戒心を解くためには、工夫を凝らす必要がありそうだ。

「すまない。怖がらせてしまったね。お嬢さん」

不測の事態が起きた際に臨機応変な対応を取ることは、優れた暗殺者《アサシン》の条件である。

そこで俺が取り出したのは、制服のポケットに入っていた下描き用のペンである。

「アルスくん……。一体、何を……？」

戸惑っているレナを尻目に黙々と作業を続ける。

俺が風船に描いたのは、デフォルメを利《き》かせたネコのイラストである。

個人的には、リアリティーを追求した絵の方が好みではあるのだが、今この場に合っているのは、子供にも受け入れやすいシンプルなイラストだろう。

「わー。猫ちゃんだ！」

俺の描いたイラストを気に入ってくれたのだろう。

機嫌を良くした少女は、目をキラキラと輝かせて、風船を受け取ってくれた。

「ありがとうございます。ウチの娘がご迷惑をおかけしました」

「ありがとう。お兄ちゃん」

ふう。想定外のトラブルは起きたが、ようやく一件落着だな。

少女に笑顔が戻ったようで何よりである。

「うおおおお！　なんという少年だ！」

「あの制服は、王立魔法学園の生徒か……!?　素晴らしい！　今の時代にも、これほど立派な少年が存在していたのか！」

やれやれ。

柄《がら》にもなく目立ってしまったな。

だが、別に気にする必要はないか。

今の俺は裏の世界を生きる伝説の暗殺者《アサシン》ではなく『普通の学生』に過ぎないからな。

周囲の注目を浴びたとして、仕事には支障はなさそうである。


「アルスくん……。やはり貴方《あなた》は凄いです……。そんな貴方だからワタシは……」


俺の行動に思うところがあったのだろうか。

近くにいたレナは何事か意味深な台詞《せりふ》を呟《つぶや》いたような気がした。

ふう。

今まで仕事には不要と考えて、美術に関して学んでいなかったのだが、何事も決めつけは良くないな。

美術のスキルも、交渉事には役に立つかもしれない。


〜〜〜〜〜〜〜〜〜〜〜〜〜〜〜〜


それから。

レナの絵を見て、気付きを得た俺は、改めて、課題の制作に取りかかることにした。

課題の制作に与えられた一週間である。

この日以降、俺は放課後に街に飛び出して、キャンバスに筆を走らせる。

「んあっ！　アニキ！　こんなところで何をやっているんスか！」

「ふふふ。組織を抜けた後は、お絵描きに夢中ですか。腑抜《ふぬ》けた先輩らしい末路ですね」

《暗黒都市《パラケノス》》の中で活動をしていたのだろう。

途中、組織の後輩たちに出会って、冷やかされたこともあった。

だが、俺はさして気にも留めずに黙々と作業を進めていた。


～～～～～～～～～～～～


そして、課題の提出の日がやってきた。

選択授業の時間になり、別棟にある美術室に移動する。

課題の提出を前にして、各々《おのおの》、緊張状態にあるのだろう。

教室の中には、何処《どこ》か張り詰めた空気が漂っているようであった。

「やあ。庶民《しょみん》。このボクを前にして、逃げずに授業を受けに来たことだけは褒《ほ》めてあげようじゃないか。キミの描いた貧相な課題を見るのが楽しみで仕方がないよ」

教室に入って声をかけてきたのは、いつの日か見た貴族であった。
名前はたしか、エドワードといったか。
聞くところによれば、どうやら芸術家として名を揚《あ》げた一族らしい。

「なんだい。この貧乏臭《くさ》い画材は！　キミは美術というものを舐《な》めているんだねえ。こんな低レベルの画材で芸術を描けるはずがないだろうに！」

たしかに俺が使用している画材は、お世辞《せじ》にも高級品というわけではないようだ。
俺が使っているのは、学園から無料で配布されていた最低限の画材である。
だが、絵の出来栄えというものは、決して画材の品質だけで決まるものではないだろう。

「名前を呼ばれたものから順番に前に出るように」

それ以降、座席の順番に生徒たちの名前を呼びあげる。
課題の採点が始まったようである。

「なんだ！　この稚拙《ちせつ》な絵は！　子供が描いたのかと思ったわ！　一〇点だ！」

「絵の出来以前の問題だ！　仕上がりが雑過ぎる！　手を抜きおったな！　〇点だ！」

ふむ。どうやら、この美術教師、それなりに採点が厳しいようだな。

今のところ、まともな点数を与えられたものが一人もいない。

「描きたいことは伝わってきたが、根本的な技術不足である。三〇点だ！」

レナの絵は三〇点か。

味のある絵だとは思っていたが、技術が足りていないという評価には同意である。

「三〇点ですか……。頑張って描いたのですが……」

酷評《こくひょう》を受けたレナは、しょんぼりしている。

どんまいだ。

たしかに低評価ではあるが、現在の最高得点には違いない。

相対的には胸を張って良い結果なようには感じるな。

「次。エドワード・クリューゲル」

「御意《ぎょい》」

名前を呼ばれたエドワードは、肩で風を切りながら、教壇《きょうだん》に向かって進んでいく。

「故郷の田園風景を写実的な画法で描きました。肥沃《ひよく》な大地。豊かな緑に囲まれた美しい自然をありのままに描いた傑作《けっさく》ですよ」

ふむ。大層な前置きの割には、至って普通の絵だな。

他の生徒たちに比べれば、流石《さすが》に出来は良いのだが、芸術品と評するには程遠いように感じる。

この男が描く絵は心に訴えてくるものが何もないのだ。

感じることができるのは、精々、小手先の貧相な技術だけだ。

俺から言わせれば、レナの描いた拙《つたな》い絵の方が遥かに良く感じるくらいである。

「なるほど。流石は美術の名門、クリューゲル家の血を引くだけのことはある。八〇点を与えよう」

『「おおお〜〜〜〜〜」』

初めての高得点が出たからだろう。

ギャラリーとなる生徒たちから歓声が上がった。

この絵が八〇点か。

まあ、たしかに他の絵と比べれば、それなりにマシなのかもしれないが、釈然としないな。

リアリティーを追求する路線の絵であれば、俺が最初に破り捨てた絵の方が、遥かに出来が良かった気がする。

この絵に八〇点は甘すぎるように感じるぞ。

「ククク。ボクの傑作が八〇点か。なかなかに厳しい方だなぁ。だが、おかげで楽しみが一つ増えたよ。次の課題では、満点を取るという楽しみがね」

エドワードが抱いた感想は、俺とは真逆のようである。

どちらの感性が正しかったのかは、直ぐに分かることになるだろう。

「次。アルス・ウィルザード」

名前を呼ばれたので、ゆっくりと教壇に向かう。

庶民の俺が描いた絵というのが、もの珍しく映っていたのだろう。

早くも他の生徒たちから注目を浴びている。

「ふんっ。貴様が例の庶民か。言っておくが、ワタシは庶民が嫌いだ。金銭的に貧しいものは、心も貧しいものだ。卑《いや》しい庶民に芸術が理解できるはずがないからな」

美術教師は聞かれてもいない講釈を垂れ流している。

それについては、強くは否定しない。

貧《ひん》すれば、鈍《どん》するという言葉がある。

通常、苦しい生活を強《し》いられている庶民が芸術に関心を持つ可能性は、著《いちじる》しく低いと言えるだろう。

芸術で腹が膨《ふく》れることはないからな。

「さあ。早く課題を提出しろ！　お前のような庶民に構っている時間はないのだ！」

「分かりましたよ。ティーチャー」

急《せ》かされたので、教壇の机上に作ってきた絵を置いてやる。

「ああっ。あああっ……。こ、この絵は……⁉」

ふむ。この反応、心に刺さるものがあったようだな。

俺の絵を目《ま》の当たりにした瞬間、美術教師は愕然《がくぜん》とした表情を浮かべている。

見えている景色を単に模写するだけであれば、それは写真と変わらない。

絵の中に『自分の感性』を加えることにより、初めて絵画は、芸術として評価されるのだ。

この絵の中には、俺が今まで培《つちか》ってきた人生観、経験、その全てを詰め込んだつもりである。

「俺が生まれ育った故郷の貧困街《スラム》です」

必要だと感じたので、手短に説明をする。

とはいえ、エドワードとかいう貴族のように大層な前置きを言葉にはしない。

必要な情報は全て作品の中に詰められている。

この作品を見て、どう感じるかは受け手に委《ゆだ》ねるべきだろう。

「凄《すご》い迫力……。同じ人間が描いたものとは思えない……」

「な、なんという重厚な世界観だ……。書き手が体験してきた濃密な人生が一枚の絵に凝縮されているようだ……」

俺の作品を目にした生徒たちは、各々《おのおの》そんな台詞《せりふ》を口にしていた。

ふむ。ギャラリーたちからの評価も上々のようだな。

肝心《かんじん》の教師からの評価はどうだろうか。

「バカな……。この庶民の描いた絵、王室御用達《ロイヤルワレント》の美術品すらも上回る『凄み』があるぞ……。通常、美術品の完成度は、作り手の人生経験に大きく左右される……。器用な絵を描ける人間はいくらでもいるが、『凄み』のある絵を描ける人間はそうはいない。言うなれば『聖域』のようなものだ。この男、一体、その若さで、どれだけの修羅場《しゅらば》をくぐってきたのだ……!?」

俺の絵を目の当たりにした美術教師は、ブツブツと何か呟《つぶや》いている。

やれやれ。

長台詞にも程があるぞ。

だが、この教師、肝心なことを言っていないようだな。

「ティーチャー。採点を」

「グ……。グヌヌ!」

俺に催促《さいそく》をされた美術教師は悔《くや》しそうに唇を噛《か》んでいる。

そして、少し間を置いて重い口を開く。

「断っておく。ワタシは庶民が嫌いだ。断じて、認めていない。だが、今でこそ教師の立場に甘んじているが、ワタシも若い頃は、筆一本で生計を立てようと志《こころざ》したこともあった。画家としてのプライドがある。アルス・ウィルザード。貴様の描いた絵は八〇〇点だ。自分の採点には、ウソを吐くことはできない」

俺の絵が八〇〇点か。

エドワードの凡作と比較をして、十倍の評価しかされていないのは納得がいかないが、まあ、細かいことは気にしないことにしよう。

「おい。今、先生。なんて言ったよ⁉」

「八〇〇点⁉　この試験って一〇〇点が満点じゃなかったのか⁉」

俺の採点を聞いた生徒たちは、各々驚いているようであった。

さて。

課題の結果は明らかになったわけだが、全ての問題が解決したわけではないようだな。

この採点を受けて、血相を変えていたのは、俺に絡んできた貴族のエドワードである。

「先生！　どうしてボクの描いた絵が八〇点で、庶民《しょみん》の絵が八〇〇点なのですか！　こんな結果、あんまりですよ！　貴方《あなた》はクリューゲル家の名誉を傷つけた！」

怒り狂ったエドワードは、教壇に上がって抗議を始めた。

「ふんっ。勘違いをするなよ。小僧。身の程を弁《わきま》えろ。ワタシが貴様の駄作《ださく》に八〇点をつけたのは、お前の家に借りがあったからだ。贔屓《ひいき》をしてやったのだよ！　本来の貴様の絵は〇点だ。評価をするに値しない！」

なるほど。

エドワードの絵に八〇点の評価は高すぎるように感じていたのだが、そういう理由があったのか。

とはいえ、〇点というのは、異様に厳しいような気がするな。

「アハハッ。先生。何を言っているのですか……。ボクの絵が〇点……？　撤回《てっかい》するのであれば、今の内ですよ……？」

「うるさい！　こんな駄作！　見ているだけで目が腐ると言ったのだよ！」

次に美術教師が取った行動は、俺にとっても想定外のものであった。

ビリッ！

ビリビリビリッ！

何を思ったのか、美術教師はエドワードが提出した課題をビリビリに破り捨てたのである。

「な、なんてことを！　ボクの渾身《こんしん》の傑作《けっさく》があああああああああああああああああああああああああああああああああああああああ！」

まさか自分の作品を破り捨てられることになるとは思ってもいなかったのだろう。

ショックを受けたエドワードは、両膝を床について、絶句している。

「何度も言わせるな。こんな駄作、ケツを拭く紙にも劣ると言っているのだ。大した実力もないくせに己を過大に評価するな。お前の絵から見えてくるのは、気色の悪い自己顕示欲《じこけんじよく》だけだ。

虫唾《むしず》が走る」

とてつもない酷評《こくひょう》だ。

だが、言わんとしていることは分かるような気がする。

中途半端な技量の作品は、目の肥《こ》えている人間からすれば、かえって、醜悪《しゅうあく》に感じるものなのだろうな。

「そこにいる庶民。お前も図に乗るなよ。創作の世界は、貴様が思っているよりも遥《はる》かに奥が深い。この一作で全てを知ったような気になるなら、貴様の成長はそこまでだ」

「…………」

ふむ。この教師の言葉にも一理があるな。

実際に学んでみて痛感した。

この分野は、なかなかに極《きわ》め甲斐《がい》がありそうだ。

今後は長く付き合える趣味の一つとして、研鑽《けんさん》を重ねていくことにしよう。


〜〜〜〜〜〜〜〜〜〜〜〜〜〜〜〜〜

余談ではあるが、その後の話をしようと思う。

美術の課題で『最優秀賞』を獲得した俺の絵は、事前の約束通りに学長室の前に飾られることになった。

「おい。なんだよ。この絵！」

「ウチの学園の生徒が描いたんだよな……？　一体、誰が描いたんだ……⁉」

書き手の名前欄《らん》を空白にしていたのは、庶民嫌いの美術教師の最後の抵抗だろうか。

元々、目立つのは好きではなかったので、俺としては逆に好都合である。

突如として、飾られることになった詳細不明の絵画は、暫《しばら》く学園の噂《うわさ》の中心になっているようだ。

「ふんっ……。気に食わないですわね。この庶民……」

俺の絵を前にして不遜《ふそん》な態度を取る少女がいた。

ふむ。この女は、絵を描いた人間が俺だということを知っているようだな。

まあ、授業に居合わせた人間は、多くいたからな。

噂はそれなりに広まっていて、知っている人間は知っているのだろう。

「礼儀《れいぎ》を知らない庶民には、わたくしが天罰を与えて差し上げましょう」


見ない顔だな。

おそらく隣のクラスの人間だろう。

金色のクルクルとした巻髪《まきがみ》をした少女であった。

この少女が後に学園で起こる大事件の引き金を引く原因になるのだが――。

そのエピソードについて語るのは、またの機会にしようと思う。


～～～～～～～～～～～～～～～


一方、課題の提出が終わってから翌日のこと。

ここは王都の一等地に造られた住宅街の一角である。

王立魔法学園から徒歩圏内にあるこの場所は、三ツ星《トリプル》の学生たちに人気の借家が多く立ち並んでいる場所であった。


「クソッ！　ダメだ！　こんな絵では、奴の絵に勝つことはできない！」

大きな家の地下部分に造られたアトリエで大声を上げる男がいた。

男の名前は、エドワード・クリューゲルといった。

美術の授業でアルスに大敗を喫《きっ》した男であった。

「ウグッ……。何を描いても奴の絵がちらつく……。まるで集中ができないぞ……」

本当は全て分かっていた。

自分の描いた絵が、アルスと比べて大きく劣っていることを――。

アルスの絵には、一流の芸術家だけが醸《かも》し出すことのできる『凄《すご》み』があった。

対して、自分の絵は、上辺の技術に頼ってばかりで、何処《どこ》となく未熟な印象を拭《ぬぐ》うことができなかったのだ。

「うわあああ！」

怒りで正気を失ったエドワードは、目の前の画材に手当たり次第に当たり散らかす。

アルスのことを考えるだけで、頭が沸騰《ふっとう》しそうだった。

こんなことは断じて許されてはならない。

美術の名門、クリューゲル家の嫡男《ちゃくなん》として、庶民の絵に負けることは、あってはならないことだったのだ。

「おやおや。お困りのようですねえ」

その男は、誰に呼ばれたわけでもなく唐突《とうとつ》に姿を現した。
男の名前はアッシュ・ランドスター。
かつてアルスが戦った宿敵、レクター・ランドスター、ジブール・ランドスターの親族に当たる男であった。

「お前、何者だ……？　どうやって此処《ここ》に入ってきた……!?」

家の中には最新式のセキュリティーが敷かれている。
ここに来るまでに配備されていた警備員の数は一人や、二人ではなかったはずである。
エドワードの疑問の言葉を無視して、アッシュは、土足のままズカズカとアトリエの奥に進んでいく。

「ねえ。キミ。アルス・ウィルザードに一泡《ひとあわ》を吹かせたいと思わないかい？」

不気味な笑みを浮かべながらアッシュは続ける。

「キミが勝てない理由を教えてあげようか。それはキミが温室育ちの坊ちゃんだからですよ。真に優れた芸術というものは、圧倒的な絶望・孤独・狂気の中でこそ、生まれるものなのです！　全て、今のキミに足りていないものですよ」

アッシュの言葉は、エドワードの胸に深く突き刺さるものがあった。

クリューゲル家を一躍有名にした先代は、元々は一つ星《シングル》の貴族として、恵まれない生活を強《し》いられていた。

だが、先代は逆境とコンプレックスを糧《かて》にして、芸術家として名を揚げることに成功したのだ。

結果、多大なる功績を認められて三つ星《トリプル》に昇格を果たした。

だがしかし。

クリューゲル家の名声を集めたのは、その一代に限られていた。

恵まれた環境で育った子孫たちは、いずれも期待された結果を残すことができずにいたのである。

「……つまり、何が言いたい」

「簡単なことです。ボクたち組織は、今、キミのような『王立魔法学園の生徒』の力を必要としているのです。ボクに協力するのであれば、キミに力を与えましょう。アルス・ウィルザードすらも上回る『神の力』ですよ」

「………………」

俄《にわか》には信じられない荒唐無稽《こうとうむけい》な話であった。

だが、目の前の男が醸し出している自信に満ち溢《あふ》れた雰囲気《ふんいき》は、何故か、エドワードの心に引っかかるものがあった。

(ふっ……。ボクとしたことが……。どうかしていたな。危うく、こんな男の言葉を信じそうになるなんて)

おそらく新手のセールスか。詐欺《さぎ》の類《たぐい》だろう。

寸前のところで、エドワードを正気に戻したのは、幼い頃に一緒に撮った幼馴染《おさななじみ》との写真であった。

写真の中にいる少女の名前はリーゼロッテと言った。

音楽家の家に生まれた令嬢。エドワードにとっての婚約者であった。

両親同士が決めた約束ではあるが、エドワードは、この美しい幼馴染に対して恋心を抱いていたのである。

「すまないが……。今直ぐ帰ってくれないか。生憎《あいにく》と今日のボクは、すこぶる機嫌が悪くてね。誤って引き金を引いてしまうかもしれないよ」

引き出しの中から銃を取り出したエドワードは、不遜《ふそん》な態度で言葉を返す。

「おっと。怖い怖い。勘違いをしないでくれよ。ボクはね。キミの敵じゃない。味方になりたいんだよ」

想定外の反撃を受けたアッシュは、両手を上げて敵意のないことを示したポーズを取る。

「黙れ。盗人《ぬすっと》。次に口を開いたら、コイツで二度と起き上がれない体にしてやるぞ」

「ふふふ。聞く耳を持ってくれないようですね。良いでしょう。今日のところは退散します。ですが、次に会う時、キミはボクの力を懇願《こんがん》するでしょう。運命は神様に味方をするものですよ」

意味深な言葉を吐いたアッシュは、部屋の窓から夜の闇に消えていく。

（クソッ……。ボクは悪い夢でも見ているのか……。どいつもこいつもボクのことをバカにして……）

この時の出会いが、後に彼の運命を大きく変えることになるのだが——。

エドワードにとっては知る由《よし》もないことであった。

３話　音楽対決

それから。

俺が美術の授業の中で、絵の対決をしてから暫《しばら》くの月日が経過していた。

あれからというもの俺は、平和な学園生活を過ごすことができている。

「違う。今の音は半音キーが上だ」

「えーっと……。こういうことかな？」

今現在、俺が何をしているのかというと、音楽室の中でルウにピアノの弾き方を教えている最中であった。

何故、俺が音楽室でピアノの指導を行っているのか。

『お願いだよ。アルスくん。人助けだと思って！』

それというのもルウからピアノを教えてほしいと頼まれたからだ。

やれやれ。

たしかに俺は魔法のコーチを引き受けはしたが、ピアノのコーチまで引き受けた覚えはないのだけれどな。

『周りが経験者ばかりなんだよ。音楽の授業って、楽しく歌とか唄《うた》うんじゃなかったのー!?』

ルウ曰《いわ》く。

選択授業の『音楽』は『美術』と比べて、経験者の数が圧倒的に多いのだとか。

幼い頃から音楽の英才教育を受けた生徒たちの中に混ざったルウは、苦戦を強《し》いられているようだ。

「どうしてアルスくんは、そんなに音に対して敏感なの?」

不思議そうに尋ねてくるので、正直に答えてやることとする。

「相対音感、というやつだ。訓練次第で誰でも身に着けることができるぞ」

相対音感というのは、基準となる音があれば、次に聞いた音がどれだけ高いのか、低いのかを判断することのできる能力である。

元々、相対音感は全ての人間に備わっている能力だと言われる。

だが、普段、音に対して意識をせずに生活をしていると衰えることになるのだ。

「キーを理解したら、次はコード進行を意識して演奏してみろ。楽譜に書かれていることだけが全てではないぞ」

「ううう……。難しいよぉ……」

ルウは半泣きになりながら懸命にピアノを弾いている。

とはいえ、この女は基本的に器用なのだ。

数日教えているだけなのだが、既に随分《ずいぶん》と聴けるようになってきたような気がする。

ルウであれば、いつの日か、俺と同じ『相対音感』の能力を身に着けることができるかもしれないな。

「はあ。なんですの。この演奏」

さて。

俺が暫くコーチをしていると何処《どこ》からともなく難癖《なんくせ》をつけてくる生徒がいた。

「娼婦《しょうふ》のように媚《こ》びた下品な音色です。聞くに堪えませんわ」

むう。この女、何処かで見た覚えがあるような気がするな。

そうか。

学長室の前に飾っていた俺の絵を見て、不服そうな表情をしていた生徒だな。

「ルウ。コイツは誰だ?」

「隣のクラスのリゼさんだよ。音楽家の家に生まれた大貴族なんだって」

なるほど。

俺も人のことを言えた義理ではないのだが、ルウも妙な奴に目を付けられてしまったようだな。

リゼの襟《えり》につけられた星の数は三つ《トリプル》である。

この学園に通う高位の貴族たちは、どいつもこいつも面倒な性格をしているのだろう。

「アルス・ウィルザードくん、ですわよね」

リゼとかいう女は俺に対しても冷ややかな視線を向けている。

明確な敵意を隠そうともしていない様子である。

「この音楽室は今から、わたくしたちが使用します。貴方《あなた》たち下民は出ていってくださるかしら？」

なるほど。

リゼの取り巻きたちは、全員が二つ星《セカンド》以上の貴族のようだ。

一つ星《シングル》のルウと庶民《しょみん》の俺をナチュラルに見下している。

「残念だが、この音楽室は俺たちが先に予約していたんだ。後にしてくれないか」

放課後の音楽室の利用は、完全に予約制である。

彼女たち高位の貴族であれば、自宅でも楽器の練習をすることは可能だろう。

だが、生憎《あいにく》と俺たちには、学園以外に練習場所がないからな。

簡単に譲《ゆず》るわけにはいかないのである。

「アルスくん。物を知らない貴方のために、自己紹介をしておきましょうか。わたくしは三つ星《トリプル》の貴族。音楽家の一族。リーゼロッテ・ファンフォス・ベルクですわよ。わたくしに逆らうとは、貴方も物好きな人ですわね」

挑戦的な笑みを零《こぼ》しながらリゼは続ける。

「噂《うわさ》には聞いていますよ。アルスくん。貴方はたしか、荒事に秀でているようですわね。なんでも罪のない高位の貴族たちを次々に殴《なぐ》り倒しているのだとか」

やれやれ。

俺に対するイメージが酷《ひど》いな。

生憎と俺の中には、罪のない貴族たちを殴り倒した覚えはないのだけれどな。

「ですが、音楽とは天より与えられし才能を幼少期より、じっくりと育てて、開花するものです。貴方たち下民が、わたくしに勝てる道理はないのですよ」

たいした自信だな。

敵意を剝《む》き出《だ》しにしたリゼは、音楽室に置かれていた二台目のピアノの椅子《いす》に座る。

「この音を聴いて、まだ、わたくしに席を譲らないと言うことができますか？」


やれやれ。

頼まれてもいないのに演奏を始めるとは自分勝手なやつである。

だが、この音色……。

なるほど。一朝一夕《いっちょういっせき》で身に着くものではないな。

強気な言葉を吐くだけの実力は有しているようである。


「ああ。この麗《うるわ》しい音色。流石《さすが》はリゼ様ですわ」

「リゼ様の持っている『絶対音感』の能力は最強ですわ。下民たちは直ぐに力の差を思い知ることになるでしょうね」


リゼの取り巻きたちが何やら騒ぎ立てている。

なるほど。絶対音感か。

絶対音感とは才能のある人間が、四歳から五歳の幼少期のころに音楽の訓練を受けることによって、初めて身に着くものとされている。

努力だけでは到達することのできない境地。

音楽家として恵まれた環境にいる人間が与えられる特別な才能《ギフト》だ。
生憎と俺が五歳の頃に教わったのは『殺しの技術』くらいだからな。
残念ながら、俺には身に着けることができなかった能力である。

「アルスくん……。残念だけど、ここは出ていった方がいいのかな……」

ルウが不安そうな顔で俺に尋ねてくる。
ルウは、リゼの演奏に圧倒されてしまったようだ。
やれやれ。
どうやらルウは、コーチである俺の実力を見誤っているようである。
音楽室にあるピアノの椅子には、それぞれ、ルウとリゼが座っている。
であれば、仕方がない。
俺は別の楽器を使って、対抗してやることにしよう。
そこで俺が手に取ったのは、音楽室に置かれていたヴァイオリンであった。

『いいこと。アル。貴方の役目は、私の美しさを引き立てることよ。私が光ならば貴方は影よ。精々、私のために尽くしなさい』

その時、俺の脳裏《のうり》に過《よぎ》ったのは、幼い頃にマリアナから楽器を教わった時のことであった。

『私と仕事をする以上、失敗は許されないからね』

俺は煌《きら》びやかな舞台の上で踊るマリアナに合わせて、懸命に演奏をする。

あるときは、日銭を稼《かせ》ぐため。

また、あるときは、芸者として敵地に潜入して、情報を得るためだ。

なるほど。

俺が学んできた音楽は、リゼの言葉の通り、客に媚びた下品な音楽なのかもしれない。

「この庶民、弦楽器もいける口ですの!?」

「嘘……!?　庶民が演奏に加わって、音色に深みが増しましたわ……!?　リゼ様の複雑な演奏に対して、即興で合わせているのですの!?」

リゼの取り巻きたちは、それぞれ、驚愕《きょうがく》したリアクションを取っている。

「凄《すご》い……。これがアルスくんの音なんだ……」

俺の演奏を前にしたルウは、呆気《あっけ》に取られた表情を浮かべている。

ギャアアアアアン！


突如として、耳障《みみざわ》りな音が部屋の中に鳴り響く。

どうやらリゼが途中でピアノの演奏を投げ出したようだ。

明確な怒りの感情が込もった音だ。


「ありえない……。庶民ごときが……。わたくしの演奏に手を加えてアレンジするなんて……。許されることではありませんわ！」


ふうむ。

どうやらリゼにとって、俺との合奏は、相当にプライドを傷つけるものだったらしいな。

アレンジのことも分かっていたか。

リゼの演奏はそれなりに見事だったが、物足りない部分があった。

だから俺は即興で音を足すことにしたのである。


「いいでしょう。アルス・ウィルザードくん。貴方の実力を認めて、一対一の決闘を申し込みますわ」

席から立ったリゼは、俺の方を睨《にら》みながらも宣言をする。

「この勝負は別の機会に持ち越しましょう。明日正午、王城に続く道《ロイヤルロード》の一丁目一番地。死の洋琴《デスピアノ》で決着をつけることにしましょう」

んん？　死の洋琴《デスピアノ》とは一体、なんのことだろうか。

こうして俺は、ひょんなことから音楽の対決を申し込まれることになるのだった。

～～～～～～～～～～～～～～～～

それから。

リゼから決闘を申し込まれた俺は、王城に続く道《ロイヤルロード》を訪れていた。

王城に続く道《ロイヤルロード》とは、王都の中でも最も活気があって、賑《にぎ》わいのある場所であった。

「ねえ。どうしてリゼさんの誘いを受けたの？　無理に争う必要はなかったんじゃないかな？」

隣を歩いているルウが疑問の言葉を口にする。

「なんてことはない。快適な学園生活を送るためには、時に争うことも必要だろう」

今の俺は組織を抜けた身だからな。

時間はそれなりに余裕がある。

であるならば、貴族たちから申し込まれた勝負は、受けられるだけ受けてやっても良いだろう。

貴族たちの鼻を折り続けていれば、いつしか、面倒な絡まれ方をされることもなくなるはずだ。

それとは別に、今回の申し出は、決闘の方法についても興味のあるものだったしな。

「死の洋琴《デスピアノ》。凄い物騒な名前だよね。一体、どんな楽器なんだろう」

「さあな。行ってみれば分かるさ」

それについては事前に軽く調べている。

死の洋琴《デスピアノ》とは、王城に続く道《ロイヤルロード》の一等地に置かれているストリートピアノのことである。

ストリートピアノとは、ストリートで通行人が自由に弾けるように設置されたピアノを指す。

特にこの死の洋琴《デスピアノ》は、王都の一等地に置かれているせいで、耳の肥《こ》えた貴族たちが集まることになるのだ。

当然、中にはプロの音楽家たちもいる。

もしも下手《へた》な演奏を聞かせてしまえば、文字通り音楽家としての『死』を迎えることになるのだ。

故についた名前は、死の洋琴《デスピアノ》。

まったく、大層な名前が与えられたものである。

「ふんっ。わたくしとの決闘、逃げずに受けたことだけは褒《ほ》めて差し上げますわ」

指定された場所に到着をすると、堂々とした佇《たたず》まいでリゼは待っていた。

「ああ。リゼ様。本日も麗《うるわ》しい……」

「下賤《げせん》な庶民《しょみん》のオスに分からせてあげましょう！」

取り巻きたちも一緒にいるようだ。

なるほど。

アレが死の洋琴《デスピアノ》か。

作りは古いが、随分《ずいぶん》と立派なピアノだな。

俺が練習で使っていた酒場のピアノとは、同じ種類の楽器とは思えないほどの違いがある。

このピアノを使って、粗末な演奏をしてしまえば、顰蹙《ひんしゅく》を買うというのも頷《うなず》ける気がする。

「ルールは簡単。この死の洋琴《デスピアノ》を使って、より多くの人の足を止めた方が勝ち。敗者は金輪際《こんりんざい》、放課後の音楽室の使用を禁止します」

ふむ。まあ、音楽を使った決闘のルールとしては妥当《だとう》なところだな。

要するに今回の勝負は、どちらがより人の注目を浴びることができるかを競うというものになる。

「さあ。庶民。わたくしの演奏を前に平伏しなさい」

高らかに叫んだリゼは、演奏を始めたようである。

ふむ。

この女、ピアノの腕に関しては、やはり、相当なものがあるように思えるな。

だが、この演奏……。

以前に音楽室で聴いた時と比べても、各段に迫力を増しているように感じる。

なるほど。

これは楽器の質による差だな。

つまり、これが死の洋琴《デスピアノ》の持つ効果なのだろう。

「ああ。流石《さすが》はリゼ様。使い手を選ぶ死の洋琴《デスピアノ》であっても、完全に調和した旋律を奏でていますわ」

「育ちの悪い人間には、決して奏でることのできない天上のメロディー。心が洗われるようです」

取り巻きたちは、上機嫌に評価している。

実際、リゼの演奏はたいしたものである。

リゼの演奏に惹《ひ》き付けられたのだろう。

死の洋琴《デスピアノ》の前には、次々と観客たちが集まってきているようであった。

「おお。この演奏は……」

「学生だというのに見事なものだな。将来は有望なピアニストになりそうだ。今のうちから唾《つば》をつけておくことにするか」

客たちの評価は上々のようだ。
リゼの演奏に今のところ、ミスらしいミスは存在していない。
このままでは俺の敗北は、必至といったところだろう。

「アルスくん……」

ルウが不安そうに俺の方を見つめている。
どうやら俺がリゼの演奏に押されて、負けることを心配に思っているのだろう。
やれやれ。
この程度の演奏に俺が負けると思われているのか。
俺も随分と低く見られてしまったものだな。

「さあ。庶民。次は貴方《あなた》の番ですわよ。早くその無様な演奏を衆目《しゅうもく》の前で晒《さら》しなさい。その時が貴方の音楽家としての『死』ですわよ」

リゼは俺に対して、不敵な笑みを向けてきた。
さて。

煽《あお》られているようなので、俺も本気を出させてもらうことにしよう。

リゼが『調和』を目指すのであれば、俺が目指すのは『調伏《ちょうぶく》』である。

楽器は所詮《しょせん》、道具に過ぎない。

大層な名前が付けられているが、所詮、死の洋琴《デスピアノ》も人間の作った道具なのだ。

ピアノよ。俺に従え。

俺はリゼとは対照的な演奏方法で周囲の注目を集めてやることにした。


「お、おい……。この演奏……誰か止めてくれ……」

「なんだよ。この音……。寒気がするぜ……」

「信じられねえ。本当に人間に出せる音なのかよ……」


人間の足を止めるのに必要なのは『感動』を代表とする『正の感情』だけではない。

この演奏は『恐怖』を代表とする『負の感情』に訴えるものなのだ。

ふむ。

この反応、予想以上だな。

耳の肥えた客たちは、美しい音は聴きなれているだろうが、『恐ろしい音』には耐性がないのだろう。

「いやっ……。な、なんなんですの……。この音は……」

観客たちに混ざって、一番、大きな反応を示していたのは、リゼであった。

ふむ。そう言えば、この女、『絶対音感』の持ち主だと言っていたな。

普通の人間と比べて、圧倒的に耳が敏感なのだろう。

「こ、こんな音……。絶対に認めない……。認めない……はずなのに……！」

俺の演奏を耳にしたリゼは、地面にペタリと腰をつけてしまった。

「リゼ様！　お気を確かに！」

「コラッ！　何を見ている！　見世物《みせもの》ではないぞ！」

やれやれ。

どうやらリゼの反応は、俺の想像を遥《はる》かに上回るものだったらしい。

人一倍に音に対して敏感だったリゼは、失禁して、周囲を汚しているようであった。

「凄《すご》い……。凄いよ。アルスくん」

俺の演奏を前にしたルウは、感激した様子を見せている。

その時、俺の脳裏《のうり》に過《よぎ》ったのは、任務で失態を犯して、敵のアジトに拉致《らち》された時のことであった。

あれはたしか九歳の頃の出来事だ。

当時の俺は、ピアノの演奏でテロリストたちの機嫌を取って、ギリギリのところで命を繋《つな》いでいたのである。


『おい。小僧。次に手を止めたら、コイツをぶっ放すからな』

『オレたちに下手な演奏を聴かせるなよ。酒がまずくなる』


あの時ほど音楽の技術に感謝をした日はないな。

当時の俺には、敵地のド真ん中から単独で脱出できるだけの戦闘能力がなかったのである。

恵まれた人間にだけ奏でられる音があるのは認めよう。

だが、それとは逆に恵まれなかった人間だけが奏でることのできる音というものも存在しているのだ。

あの時に比べれば、なんて、生易しい環境で演奏しているのだろうか。

さて。次でクライマックスだな。

俺は観客たちのボルテージを切らさないよう注意を払いながら、終盤の演奏を駆け抜けることにした。

俺が演奏を終わらせた次の瞬間――。

ワアアア！

観客たちから割れんばかりの喝采《かっさい》を浴びた。

ふむ。

集まった観客たちは、ザッと三百人を下回ることはなさそうだ。

リゼは既に放心状態で抵抗する気力を失っている。

この勝負、俺の完全勝利といったところかな。

「キ、キミは一体、何者だ？　ワタシはスカウトをしているものだ！　是非《ぜひ》とも、我が演奏団に！」

「いやいや！　是非とも、ウチに！　報酬《ほうしゅう》は言い値で払おう！」

むう。少し、目立ち過ぎたか。

この通りは、音楽の専門家たちが多く存在しているからな。

悪目立ちをすれば、余計な噂《うわさ》が世間に流れることになる。

俺としたことが、今回のことは、少し『やりすぎ』だったのかもしれないな。


〜〜〜〜〜〜〜〜〜〜〜〜〜〜〜〜


それから。

アルスがリゼとストリートピアノ対決をしてから数日後のことであった。

(ふふっ。リゼからの手紙か。まったく、あの女……。学園ではボクに話しかけるなと言っているのに。可愛《かわい》いところがあるじゃないか)

下駄箱《げたばこ》の中に入っていた手紙を目にして、笑みを零《こぼ》す男がいた。

男の名前は、エドワード・クリューゲルと言った。

選択授業の美術の時間にアルスに大敗を喫《きっ》した男であった。

エドワードとリゼは許嫁《いいなずけ》の関係にあった。

幼い頃から両親に決められた取り決めであるが、リゼは三つ星《トリプル》の貴族の中でも、人目を惹《ひ》く美人である。

エドワードにとっては、満更、悪い話というわけではなかった。

芸術家と音楽家の縁談は、二人の家族にとっても大いに歓迎されている。

いつしか、その気になったエドワードはリゼに対して、恋心を抱くようになっていたのである。

「単刀直入に申し上げますわ。わたくしとの縁談……。全てなかったことにしてくださいまし」

だからこそ、待ち合わせ場所の校舎の裏に到着して、リゼからの告白を受けたエドワードは、愕然《がくぜん》とすることになった。

「ど、どういうことだ！　ボクの何が不満だというのだ！　芸術家の一族クリューゲル家の長男だぞ！」

この生まれ持った身分が、何よりも重要視される時代だ。

エドワードにとっては、女性に言い寄られることはあっても、袖《そで》にされるという経験は、初めてのことであったのだ。

「もしかしてキミ、ボクと対等でいるつもりじゃないだろうな？　同じ三つ星《トリプル》の貴族であっても、キミは女でボクは男だ。全ての決定権、主導権はボクが握っている！」

「………………」

「所詮《しょせん》、女に過ぎないキミの幸せは、ボクとの婚約にあるはずだ！　こんな簡単なことも分からないのか！」

この国の法制度で女性の地位というのは、著《いちじる》しく低いものである。

高位の男性の貴族であれば、同時に複数の女性を娶《めと》るのが当然とされていた。

同じ三つ星《トリプル》の貴族であっても、女性の場合、その地位は各段に下がることになるのだ。

「とても古い考え方。退屈な男《ひと》、ですわね」

エドワードの主張を受けて、リゼは冷めた視線を送っていた。

「生まれ持った立場でしか物事を測れないのですね。わたくしは知りました。たとえば、貴族ですらない庶民《しょみん》の中にも、尊敬に足る人物というものは存在しているのですよ」

「────ッ⁉」

庶民。

その言葉を聞いて、エドワードの表情は益々と険しいものに変化していく。

「お前、アルス・ウィルザードと会ったのか！　分かったぞ！　大方、あのクソ野郎に誑《たぶら》かされたのだろう！」

「さあ……。どうでしょうか。答える義務はありませんわ」

「ふ、不潔だぞ！　キミは三つ星《トリプル》の貴族でありながら、庶民を前に、発情をして、股間《こかん》を濡らしていたというのか！」

「…………」

次にリゼの取った行動はエドワードにとって予想外のものであった。

何を思ったのか、リゼはパチリッ！　と強烈な平手でエドワードの頬《ほお》を打ったのである。

「誓って、そのようなことはありませんわ。貴方《あなた》には、心底、ガッカリとしました」

エドワードの下品な物言いは、リゼの中に残っていた僅《わず》かな未練を吹き飛ばすのに十分なものであった。

「わたくし、弱い男《ひと》には興味がありませんの。さようなら。もう二度と、喋《しゃべ》りかけないで下さいね」

最大級の軽蔑《けいべつ》の眼差《まなざ》しを向けたリゼは、クルリと踵《きびす》を返して、エドワードの元から立ち去っていく。

「ハハハ……。なんだよ。これ……。ボクは悪い夢でも見ているのか……」

頬に受けた平手打ちの感触だけがジワリと残っている。
その痛みが、彼に今起きている出来事が現実のものであるということを思い知らせていた。
芸術家としてのプライド。最愛の婚約者。
この短期間でエドワードは、大切にしていた全てのものを失ってしまった。

「許さない……。許さんぞ……」

その時、エドワードの脳裏《のうり》に過《よぎ》ったのは、澄ました顔で、絵画を描くアルスの姿であった。
全てを失って、最後に彼の中に残ったものは、アルスに対する憎しみの感情だけであった。

「おのれ……。あの男、ボクから全て奪う気かあああ！」

校舎の裏でエドワードの絶叫が響き渡るのであった。

4話　アルスのアルバイト

でだ。

俺が音楽対決をしてから、数週間の時が経過していた。

あれからというもの俺は、平和な学園生活を過ごすことができている。

この学園には、未だに『選択授業』に適応できずに困っている生徒もいるようだが、俺に関してはそんなことはまるでない。

順調に新しい授業にも適応することができていると言えるだろう。

「ありがとうございましたー。またの来店をお待ちしております」

美術の授業で使用する追加の画材を購入した俺は、店を出ることにした。

「はあ」

思わず、大きく溜息を吐いてしまう。

繰り返すが、新しく始まった選択授業に関しては問題なく遂行《すいこう》できている。

その部分に関しては、気にしていないのだが……。

ここ最近、俺は『大きな問題』に悩まされていた。


困ったな。金がない。


正確に言うと、今まで働いていた分の貯金はあるのだが、毎月、凄《すさ》まじい勢いで貯金が減っているのだ。

キャッシュフローの赤字は、日に日に悪化の一途をたどっている。

王立魔法学園の生徒たちは、その特権により、授業料が免除されている。

だが、授業に使う教材費、個人的には食費、その他の生活費に関しては、基本的に自力で工面をする必要があるのだ。

組織に所属していた頃の俺は、毎月、銀行口座に多大な報酬《ほうしゅう》を受け取っていた。

その金額は一般的な学生にとっては、使い切ることが難しいほどの莫大《ばくだい》なものであった。

だが、今となっては組織の金には頼ることはできない。

なんといっても俺が目標としている『普通の学生』だからな。

自分の生活費は、自分で稼《かせ》ぐしかないだろう。

～～～～～～～～～～～～～～～～


授業が終わり、放課後になった。

俺が訪れたのは職員室の近くにある『クエスト掲示板』である。

ここ、王立魔法学園では、生徒たちが放課後にクエストを受けられるシステムになっているのだ。

クエストを達成することができれば、進級に必要なＳＰ《スクールポイント》の他に報酬を得ることができる。

金を稼ぐには、やはりクエストを受けるのが手っ取り早いだろう。

しかし報酬を欲しているのは、俺以外の生徒たちも同じなのだろうな。

クエスト掲示板の前は、既に多くの学生たちの姿で、ごった返している。

迷子の子猫の探索　報酬　５００ＳＰ《スクールポイント》　５０００コル
（飼い猫のタマが行方《ゆくえ》不明になりました。見つけて頂いた方には謝礼を差し上げます）

河川敷の清掃　報酬　３００ＳＰ《スクールポイント》　３０００コル
（清掃作業を手伝ってくれる学生を募集しています。一日手伝ってくれた方には謝礼を差し上げます）

むう。どれもこれも報酬が安いな。

平和な時代の影響は、クエストの内容にも出ているということなのだろう。

以前までならば、高難易度の犯罪者に関連するクエストが存在していたのだが、どうやら今ではアルバイトのような依頼が大半を占《し》めている。

このレベルのクエストでは、相当に数を受けないと生活費を稼ぐことは難しそうである。


「あれ。アルスくん」


掲示板の依頼内容で悩んでいると不意に声をかけられる。

レナだった。

どうやらレナもクエストを探しにきているようだな。


「珍しいですね。アルスくんが一人でクエストを受けるなんて」

「ああ。少しばかり問題が発生してな。何かと入り用なのだ」

「意外ですね。アルスくんはいつもリッチなイメージがありましたから」


レナのイメージは間違ってはいない。

組織に所属していた頃の俺は、毎月、莫大な収入を得ていたからな。

正直、その辺の貴族よりも、金銭的には余裕のある生活を送っていたのだ。

「だが、どの依頼も報酬が安くてな。途方に暮れていたところだ」

「それはタイミングが悪かったかもしれませんね。危険性を伴《ともな》う高難易度のクエストは、今、とても希少ですから。取り合いなんです。朝早く来ないとすぐに取られてしまうらしいですよ」

なるほど。

そういう事情があったのか。

街の治安が改善された弊害《へいがい》か。

この平和な時代では、ハイリターンを狙える依頼に、人気が集中してしまうのも仕方のないことなのかもしれないな。

「そんなにお金が必要なのですか？」

「ああ。アテにしていた金が暫《しばら》く入りそうにないのでな」

「でしたら、ワタシの職場でアルバイトをしませんか？　学園近くのレストランなのですけど……。ちょうど今、人手が足りていないみたいなのです」

「…………」

なるほど。

アルバイトか。その発想は盲点だったな。

一攫千金《いっかくせんきん》、というわけにはいかないだろうが、クエストと比較をすれば、安定的な収入に繋《つな》がりやすいか。

「であれば、今回は世話になることにしようかな」

「本当ですか……⁉　アルスくんと一緒に働けるなんて、なんだか、夢みたいです」

何がそんなに嬉しいのやら。

俺の返事を聞いたレナは、花が咲いたような笑顔を浮かべていた。

アルバイト、か。

やれやれ。裏の世界では『死運鳥《ナイトホーク》』と呼ばれ、恐れられていた俺が飲食店で働くことになるとは、な。

だがしかし。

これも『普通の学生』として生きていく上で、必要になる試練だと捉えておくことにしよう。

〜〜〜〜〜〜〜〜〜〜〜〜〜〜〜


それから。

レナから仕事の紹介を受けた俺は、さっそく働くことにした。

レストラン《あおぞら食堂》。

俺が働くことになったのは、王都の大通りから外れた場所に構えられた客席七十ほどの飲食店であった。

建物の築年数はそれなりに経っているが、店の内装はセンス良く小綺麗《こぎれい》にまとまっている。

「はい。これ。四番テーブルに。料理お願いね」

厨房《ちゅうぼう》で料理を受け取った俺は、客席に向かって運んでいく。

俺のメインの仕事は、受け取った料理を運ぶウェイターである。

単純なようでいて、ウェイターというのは奥が深い。

客たちの訪れた時間、座席を記憶して、待ち時間を長く感じさせないよう配膳《はいぜん》には工夫《くふう》を凝《こ》らしている。

「アルスくん。こっちの人手が足りていないんだ！　手伝ってくれよ！」

ふうむ。今日は大忙しのようだな。

俺の仕事は、ウェイターだけに留まらない。

厨房の人数が足りていない時には、調理の仕事を担当することもある。

レストラン《あおぞら食堂》は、庶民《しょみん》から下級の貴族をターゲットにして作られたカジュアルな料理店である。

メニューは幅広く、様々なジャンルのものを取り扱っている。

「オーダー、頂きました！　炒飯《チャーハン》セットを二人前！」

厨房の中は、香ばしい油と香辛料の匂《にお》いで満たされている。

今現在、俺が鍋《なべ》を振って作っているのは、炒飯《チャーハン》と呼ばれる異国発祥《はっしょう》の料理である。

東の大国である華仙と呼ばれる国の料理だな。

「おお。なんという絶妙な炒《いた》め加減だ。なかなか、簡単に作れるものではないぞ。これは」

「信じられない……。炒めた米が完璧《かんぺき》にパラパラになっている。まるで魔法ではないか」

客たちの評判は上々のようだな。

店のレシピにオリジナルの改良を加えたものであったが、上手《うま》くいったようで何よりである。

「アルスくん。これは一体、どういうことかな」

客の反応を見てから厨房に戻ると、俺に向かって料理長が声をかけてくる。

料理長は俺が作った炒飯《チャーハン》を前にして、複雑そうな表情を浮かべている。

むう。これはまずいな。

店のレシピを勝手に改良したのが、バレてしまったか。

悪いと思っていたのだが、客の反応を見たいという好奇心の方が勝ってしまったのだよな。

「キミの作った炒飯《チャーハン》。絶妙に米がパラパラになっている。何か秘密があるのだろう！　答えたまえ！」

なるほど。

どうやら料理長は、俺のレシピに興味津々《しんしん》のようだな。

「簡単なことですよ。炒める前に卵で米をコーティングしたんです」

「コーティング……だと……？」

「ええ。つまりは、こういうことです」

俺は片手で卵を割った後、いつもの要領で、鍋をふるい、手短に炒飯《チャーハン》を作ってやることにした。

こういうのは、口で説明をするより、実践《じっせん》してみせた方が早いだろう。

元々、炒飯《チャーハン》というのは、それほど複雑な料理というわけではないからな。

「むう。これは……。なるほど……。そういうことか……」

俺の作った炒飯《チャーハン》を口にした料理長は、何やら独り言を呟《つぶや》いていた。

種を明かせば、簡単なロジックである。

俺のレシピでは、火を入れる前に卵と米を混ぜておくのだ。

このやり方ならば、卵のコーティングによって、米同士がくっつきにくくなり、結果的にパラパラの炒飯《チャーハン》が完成するというわけである。

「……この調理方法は、自分で考えたのか？」

「ええ。完全に俺のオリジナルです。元々、自炊《じすい》は趣味の一つだったので」

「参ったな……。正直に言って、完敗だ。『食』に対する探究心にその技術。至高の領域といって良いだろう。キミの前では、私は料理長の看板を下ろさなければならないかもしれないね」

俺の炒飯《チャーハン》を食した料理長は、そんなコメントを残した。

ふむ。意外なところで自炊してきたスキルが役に立ったな。

元々、料理をするのは嫌いではなかったので、厨房での仕事は順調だ。

「アルスくん。今、時間があるかな？」

何日間か厨房の仕事に精を出していると、別の人物からの呼び出しを受ける。

この男は、店長であり、俺たち従業員の管理をする立場の人間であった。

「大至急！　緊急事態だよ！　直ぐにでも調査してほしい問題があるんだ」

「分かりました。少し待って下さい」

ふむ。今日は、いつにも増して大忙しだな。

仕事を切り上げた俺は、事務室を訪れた。

「コレなんだけど。今、オーナーから詰められていてさ。至急、改善案を出してほしいんだよ」

店長といっても、この人の場合は、『雇われの立場』であり、色々と悩みを抱えているみたいである。

言われた通りに財務諸表《ざいむしょひょう》を分析してみる。

どれどれ。

まずは、損益計算書《そんえきけいさんしょ》だな。次は貸借対照表《たいしゃくたいしょうひょう》に目を通してみよう。

「売上げは上がっているようですが、粗利益《あらりえき》が落ちているようですね。政府の大規模な金融緩和《きんゆうかんわ》政策の影響で、原材料の仕入れ値が上がっていることが大きな要因のようです。客足は好調なので、一部の原価率の高いメニューを値上げすれば、利益率が上がってPLの改善が見込めるはずですよ」

最近は店の経理も担当することが多い。

店のオーナーは計算が苦手なようだったので、代わりに経理とコンサルタントのような仕事も任されているのだ。

「おお。流石《さすが》はアルスくんだ。頼りになるな」


やれやれ。

素人《しろうと》の俺にできることは、数字から分かる表面的なアドバイスだけなのだけどな。

この程度の仕事で喜ばれるのであれば、働き甲斐《がい》があるというものである。


「助かったよ。アルスくん」

「ありがとうございます。お役に立てたようで何よりです」

「キミは既に我が店にとって不可欠の存在だ。メニューの値上げの前に、まずはキミの時給を上げておこう。今後も頼りにしているよ」


アルバイトを始めた頃と比べると、俺の時給は、驚くほど上昇している。

人伝《ひとづて》に聞いた話によると、俺の時給は、既に正社員以上の待遇、ということになっているらしい。


「なあ。今の聞いたか。例の新入りが、また活躍したらしいぞ」

「まったく。とんでもない新人が現れたよな。あの新人、史上最速で『バイトリーダー』に昇進が決まったらしいぜ」

俺たちの会話を聞いていた店内のスタッフたちは、何やら色めき立っているようであった。

「ちょっと。レナちゃん。あの、アルスくんっていう子、一体、何者なの？　普通じゃないわよ」

「アハハ。それはワタシが一番、知りたいことですよ」

レナが社員スタッフたちと何か話しているようだ。

ふうむ。

気まぐれで始めたアルバイトであるが、案外、悪くはないのかもしれないな。

暗殺以外の仕事をするのは初めてなので、新鮮な気分を味わうことができている。

～～～～～～～～～～～～～

それから。

俺がレストランのアルバイトを始めてから一カ月ほどの時間が過ぎた。

「はぁ～。この店の昼食は、いつ食べても絶品です。アルスくんもそう思いますよね？」

「…………」

今日のシフトは、レナと一緒である。

俺たちは店員のために用意された控え室で昼食をとっていた。

「ワタシの調べによると、これだけの食材を賄《まかな》いに出している職場は、他にありませんよ。やはりワタシの目に狂いはありませんでした」

どうやらレナは、店の賄いが楽しみで、この店で働くことを決めたみたいである。

食い意地の張ったレナらしい意見だな。

だが、今回ばかりは同感だ。

昼食代が浮くので、金欠の学生には、有り難いサービスではある。

「それにしても、食べ過ぎじゃないか？」

レナの周囲には《あおぞら食堂》のランチメニューがフルコースで揃えられていた。

「ふふふ。ウチの店は、賄い食べ放題ですからね！　元を取らないと損ですよ！」

やれやれ。

もはや何をもってして『元』と言っているのか分からないな。

まるで店を倒産させるような勢いである。


「ん。待てよ……?」


そこで俺は重要な問題に気付く。

以前に店長に頼まれて、店の帳簿《ちょうぼ》を確認したことがあったな。

原価率が上がり始めている時期は、レナがアルバイトを始めたタイミングと合致しているような気がするぞ。

むう。

この食欲魔人、本当に店の経営を傾けているのか。

これに関しては、気にしたら負けという風に考えておくことにしよう。


「特に感動したのは、この炒飯《チャーハン》です！　ウチの炒飯《チャーハン》は、前々から評判が良かったのですが、レシピが変わって更に美味《おい》しくなったような気がします。この絶妙な炒《いた》め加減！　お米のパラパラ具合！　他の店で、真似《まね》できるものではありませんよ！　魔法のようです！」

そりゃ、どうも。

このレシピを開発したのは、他でもない俺なのだけれどもな。

あの時以来、料理長とは定期的にレシピの意見交換を行っている。

やはり、スキルを上げるには、その道のプロに話を聞くのが効率的だ。

俺は暗殺者《アサシン》としては廃業をした身だからな。

学園を卒業した後は、いっそのこと趣味を活《い》かして、料理の道に進んでみるのも悪くはないのかもしれない。

「ふざけるな！　お前、客のことをなんだと思っているんだ！」

異変が起きたのは、俺がそんなことを考えていたタイミングであった。

ふむ。何やら物騒な声が聞こえてくるな。

どうやら店の中でトラブルが起こっているみたいである。

「アルスくん。これは一体……」

大好物の炒飯《チャーハン》を食べる手を止めて、レナは不安そうな表情を浮かべていた。

「心配は不要だ。俺が様子を見に行く」

なんとなく嫌な予感がするな。

扉を開いて、客席の様子を覗《のぞ》いてみる。

「この店のスープは髪の毛を具材に使っているのか？　ああん？」

「も、申し訳ございません。お代は結構ですので」

「ハッ……。そういう問題じゃねーんだよ！　この落とし前はどうつけてくれるんだ？　キッチリと慰謝料は払ってもらうからな！」

ふむ。随分《ずいぶん》と分かりやすい悪役がいたものだな。

アルバイトの女性に因縁《いんねん》をつけているのは、見るからにガラの悪そうな四人組の男であった。

「なあ。大人しく言うことを聞いておいた方が身のためだぜ。オレたち《イエロークラブ》は、この街では最大級の武闘派組織よ。こんなしょぼい店の一つ潰すくらい訳はないんだぜ」

新手のカラーギャングか。

《暗黒都市《パラケノス》》で活動するガラの悪い男たちは、何故か、モチーフとなる色を統一して徒党を組むことが多いのだ。

何度潰しても同じような組織が生まれてくるので、色々な意味で面倒な存在であった。

「レジの中にカネがあるのは分かっているんだ！　早く持ってこい！」

痺《しび》れを切らした男たちは、今にも店員に手を出しそうな勢いであった。

やれやれ。

俺の役割として新たに『用心棒』の仕事を追加する必要があるようだな。

ここは助け舟を出してやった方が良いだろう。

「はて。おかしいですね。この髪の毛の色。ウチの厨房《ちゅうぼう》には、こんな薄汚い髪の持ち主はいなかったはずですけど」

トラブルの間に割って入った俺は、客たちのクレームに対処することにした。

「はあ？　なんだ？　テメェ！」

「何者だ！　名を名乗れ！」

俺から挑発を受けたカラーギャングたちは、額に青筋を立てて、激昂《げっこう》している。

「申し遅れました。レストラン《あおぞら食堂》のバイトリーダー、アルス・ウィルザードです」

「「「「…………」」」」

何故だろう。

ありのままの事実を伝えてやると、ゴロツキたちは益々と苛立《いらだ》ちを露わにした。

「クソが！　舐《な》めやがって！」

「畜生《ちくしょう》！　やっちまえ！」

痺れを切らしたゴロツキたちが一斉に襲いかかってくる。

やれやれ。俺の仕事はあくまでウェイターであって、ゴロツキたちの調理は専門外なのだけれどな。

「チッ。避けるんじゃねえ！」

「気をつけろ！　コイツ、妙に素早いぞ！」

敵の攻撃を避けながら、俺は次の一手を考えることにした。

さてさて。どうしたものか。

当然といえば、当然の話だが、ここは、レストランであり、喧嘩《けんか》をするような場所ではない。

暴力的な手段で解決をするのはスマートとはいえないな。

であれば、やはり、普通に料理を味わってもらうのが良いだろう。

「オレの作ったスープだ。味わって飲んでくれ」

敵の攻撃を寸前のタイミングで回避した俺は、スープの入った皿を敵の顔面にぶつけてやることにした。

「ウヴッ⁉」

大型の寸胴鍋《ずんどうなべ》で、じっくりと煮込んだ熱々のスープだ。

鶏ガラからダシを取って、丹念に灰汁《あく》も取り除いている。

具材はシンプルに、飴色《あめいろ》になるまでトロトロに炒めたタマネギのみを使用している。

顔面に浴びれば、火傷《やけど》は不可避だろう。

「テメェ！　何してくれているんだ！　コラァ！」

やれやれ。

前菜のスープでは満足できない、食いしん坊がいたようだな。

であれば、次はボリュームのある肉料理を与えてやるのが良いだろう。

「自家製のソーセージはどうだ」

レストラン《あおぞら食堂》のソーセージは完全に手作りであり、カット前のものは、数珠《じゅず》繋《つな》ぎの形状をしていた。

つまり、魔力で強化することによって、武器として運用することが可能となるのだ。

「グギャアッ⁉」

他愛《たわい》ない。

ソーセージのムチを顔面に受けたゴロツキたちは、床の上に転がることになった。

「ハッ！　調子に乗るなよ！　バイト風情《ふぜい》が！」

ふむ。どうやら背後から俺を襲おうとする不届きものがいたようだな。
最初にスープで顔面に火傷を負った男だ。
火傷程度では戦意を喪失《そうしつ》しなかったか。
男の手には、Tボーンステーキが握られていた。
どうやら男は、骨付き肉で背後から俺を殴《なぐ》るつもりらしい。

「お客さま。食べ物で遊ぶのは感心しませんね」

俺は男からTボーンステーキを奪ってやると、逆に殴り返してやることにした。

「ごふっ⁉」

ウチの看板メニューであるTボーンステーキは特別製だ。
上質な黒毛牛の希少部位を骨の付いたまま豪快に炙《あぶ》って提供している。
味付けは、俺が仕込んだ特製のソースボルドレースである。

タマネギを刻みバターで炒《いた》め、赤ワイン、フォンドボー、隠し味にはちみつを入れて煮詰める。

最後に肉が焼き上がった段階で表層にバターを塗って乳化させる。

これによって牛肉に独自の『コク』を加えることを可能にしているのだ。


「ガハッ！」


俺の反撃を受けた男は、白目を剝《む》いて倒れた。

やれやれ。

が、これで完全に問題解決というわけにはいかないみたいだな。

異変が起きたのは、俺がゴロツキたちを無力化した直後のことであった。


「テメェ！　オレたちのダチに何してくれるんだ！　ゴラァ！」


むう。参ったな。

店の外に仲間たちがいたのか。

『なあ。大人しく言うことを聞いておいた方が身のためだぜ。オレたち《イエロークラブ》は、この街では最大級の武闘派組織よ。こんなしょぼい店の一つ潰すくらい訳はないんだぜ』

その時、俺の脳裏《のうり》に過《よぎ》ったのは、ゴロツキたちが店員に向けて発した台詞《せりふ》であった。

最大級の武闘派組織か。

これは予想以上に大事になってしまったような気がするぞ。


「来いよ。まとめて調理してやろう」


面倒ではあるが、仕方がない。

厄介《やっかい》な客たちのクレーム処理も、店員の務めというものだろう。


～～～～～～～～～～～～～～


でだ。

結局、総勢で二十人以上も乱入してきたクレーマーたちは、デザートの代わりに床を舐めることになった。

だがしかし。

戦闘が終わってから間もなくして俺は、別の問題に直面することになる。

無事にクレーマーたちの対処をした俺は、店の事務室に呼び出されていた。

「アルスくん。キミは大変なことをしてくれたね」

今現在、俺は店長から直々に説教を受けていた。

先程までの、和《なご》やかな雰囲気《ふんいき》から一転。

今日の店長は、かつてなく怒り心頭に発する様子であった。

まあ、店長が怒るのも無理もない。

いつもの調子で戦闘をしていたら、店内の備品の大部分が破壊されることになってしまったからな。

店の経営が苦しいタイミングで損害を与えたのだから、上司から怒られるのは当然の流れだろう。

「今回の修繕費用《しゅうぜんひよう》はキミの給料から天引きしておくからな。これが請求書だ」

むう。

《ネームレス》に所属していた頃は、こういった経費は組織が負担してくれていたので想定外の誤算である。

やれやれ。

アルバイトで金を稼《かせ》ぐつもりが、まさか赤字になるとは。

普通の学生として生きていくのは、それなりに難しいのかもしれない。


〜〜


一方、その頃。

ここは、《暗黒都市《バラケノス》》のマンホールを通った先にある、地下施設である。

外部の人間には、発見することが困難なこの場所にアッシュの利用している研究施設はあった。

美術の名家に生まれた男、エドワード・クリューゲルはそこにいた。

彼の履《は》いている高価な革靴《かわぐつ》は汚水がしみて、既に変色を始めていた。

「ふふふ。どういう風の吹き回しですか？　キミの方からボクに会いに来てくれるなんて」

「…………」

一度は誘いを断ったつもりであった。

だが、エドワードの中に芽生《めば》えた力に対する渇望《かつぼう》が、二人の再会を実現させたのであった。

その時、エドワードの脳裏に過ったのは、数日前に彼の身に起きた悪夢のような出来事である。

『単刀直入に申し上げますわ。わたくしとの縁談……。全てなかったことにしてくださいまし』

許せない。

あの時の、婚約者であるリゼからの言葉は、今言われたことのように思い出すことができる。

あの男は、澄ました顔で、大切なものを全て、奪っていった。

アルスに対する復讐《ふくしゅう》を果たすためであれば、エドワードは悪魔にだって、魂を売る覚悟であったのだ。


「な、なんだ……？　この場所は……？」

暫《しばら》く地下通路の中を移動していると、やがて、開けた場所が見えてくる。

「街の地下にこんな施設が隠されていたのか……!?」

エドワードは困惑をしていた。

なぜなら目の前にあったのは、大小様々なサイズの魔獣たちが保管されている巨大なフラスコであったからだ。

「驚いたかい。研究者としてのボクは『魔獣』の専門家でね。古今東西、世界中の魔獣をこうして新鮮な状態で保存しているのさ」

地下に保管されていたフラスコの数は優に百個を超えているだろう。

そのスケールの大きさは、エドワードを圧倒させる迫力があった。

「……能書きは良い。本題を話せ。お前が言う力とはなんだ。それさえあれば、アルス・ウィルザードに勝つことができるのだな！」

この地下にエドワードが訪れた理由。

それはアッシュより与えられる『神の力』の詳細を聞くために他ならなかった。

「ふふふ。簡単に説明をすると、この中からキミに合致した魔獣の細胞を選んで合成するのですよ。魔獣の力を借りることで、キミは生物としての『進化』を遂《と》げることができるのです！」

兄であるレクター・ランドスターの研究内容は、魔法の使えない人間にその才能を開花させるものであった。

弟のアッシュの研究は、その派生形とも呼べるものである。

無能な人間たちを強化するには、魔獣の細胞を混ぜることが最も効率的だというのが彼の持論だったのだ。

「なっ……。正気で言っているのか……？」

「ええ。ボクは至って正気で、正常ですよ。ボクはこの研究に人生の全てを捧げてきたのですから」

「ふざけるな！　誰が醜《みにく》い化物の力なんて借りるか！　クソッ！　少しでも期待をしたボクが悪かった！」


どんなに強くなれたとしても、魔獣を体に入れることを受け入れることはできない。

怒りを露わにしたエドワードは背中を向けて、出口を目指す。

異変が起きたのは、その直後のことであった。

「ふふふ。逃げられると思ったかい？」

「――――ッ⁉」

突如としてエドワードの視界を謎の生物が遮《さえぎ》った。

それは巨大な蝙蝠《こうもり》の魔獣であった。

「アガッ――。アガガガッ――!?」

突如として現れた蝙蝠は、鋭い牙をエドワードの喉《のど》に突き刺し血液を吸い上げる。
同時に毒液を送り込まれたエドワードは、激痛に悶絶《もんぜつ》した。

「まずは、採血をしないとね。キミの体に適合する可愛《かわい》い子たちをじっくりと見繕《みつくろ》ってあげよう」

満足そうな表情を浮かべるアッシュは、苦しみに悶《もだ》えるエドワードを見下ろしながらも言葉を続ける。

「誇りに思うと良い。キミという存在は、ボクたち組織の崇高《すうこう》なる計画の最後のピースになるのだから」

全ての計画は順調に進んでいる。
アッシュは暗闇の中で独り、邪悪を孕《はら》んだ笑みを零《こぼ》すのであった。

―　5話　―　一攫千金

それから。

アルバイト先を突如としてゴロツキたちが襲った事件から、一週間ほどの時間が経過していた。

あれからというもの俺は、平和な日常を過ごすことができている。

時間の空《あ》いた放課後は、レストラン《あおぞら食堂》でアルバイトをするのが日課となっている。

懐事情《ふところじじょう》は、相変わらず芳《かんば》しくはない。

アルバイトで作ってしまった賠償金《ばいしょうきん》を、アルバイトで補填《ほてん》するという本末転倒な状況は続いている。


ゴシゴシ。

ゴシゴシゴシゴシ。

今現在、俺が何をしているのかというとバイト先の便所掃除《そうじ》である。

便所掃除というと、一般的には嫌悪される作業の典型だろう。

だが、ここで手を抜くようでは、仕事人として三流以下だ。

華やかな仕事にばかり目を奪われているようでは、人間としての成長は望めない。

地道な鍛錬、地道な作業こそが実を結ぶのだ。


ゴシゴシ。

ゴシゴシゴシゴシゴシ。


ふう。この程度で良いだろうか。

便所掃除のコツは、便器を舐《な》められるくらいに徹底的に掃除することである。

無論、実際に舐めるわけではないのだが、それくらいの気概《きがい》が求められる作業といえるだろう。

「え……？　アルスくん……？　もしかしてトイレ掃除をしていたの……!?」

掃除を済ませてトイレから出た直後、年上の女性店員たちに声をかけられる。

「ええ。その通りですが、何か問題がありましたか」

毎日、この時間はトイレ掃除をする決まりになっていたはずだ。

今回は作業が遅れているようだったので、自己判断で俺が代行したのである。

「止めてよね。アルスくんみたいな美男子には、トイレ掃除なんて似合わないわよ」

「そうそう。汚れ仕事はワタシたち、おばちゃんに任せておけば良いのよ。アルスくんみたいな綺麗《きれい》な子は、接客しなきゃ」

ふむ。どうやら掃除をしたことを注意されているわけではないようだな。

似合わないという理由で指摘を受けるとは想定外である。

「安心してください、マダム。こう見えて、汚れ仕事には慣れていますから」

こういうのは口で言うより、実際に見てもらう方が早いだろう。

掃除のクオリティーを確認させるため、トイレの扉を開いてやる。

「嘘……!?　ウチのトイレって、こんなに綺麗だったかしら……!?」

「ここまでピカピカに掃除できるなんて……。アルスくん……。貴方《あなた》は一体、何者なの……!?」

俺の掃除のクオリティーに思うところがあったのだろうか。

店員の女性たちは、それぞれ、驚愕《きょうがく》したリアクションをしている。

やれやれ。

とんでもない勘違いをされてしまったものだな。

俺は彼女たちが思うような綺麗な人間ではないのだ。

本当の意味での『汚れ仕事』を請け負ってきた俺にとって、トイレ掃除は、この上なく、クリーンな仕事と言えるだろう。


～～～～～～～～～～～～～～


それから。

トイレ掃除も無事に完了して、本日の業務は、滞《とどこお》りなく進んでいく。

「ありがとうございました。またの来店をお待ちしております」

ふう。今の人が最後の客だったな。

客たちが退店しても油断をすることはできない。

実のところ、ここからの作業の方が慌ただしかったりするのだ。

「アルスくん。いつものようにクローズをお願いするよ。ボクはもう上がるからさ」

それだけ言い残した店長は、足取りを早くして店を後にする。

やれやれ。

いつものことだが、不用心にも程があるぞ。

学生の俺にクローズ作業を丸投げするのは、店長の危機管理能力に不安を感じてしまう。

まあ、ここは前向きに信用されていると思うことにしよう。

クローズで一番気を遣うのは、資金管理に付随《ふずい》する作業である。

レジの中の売上げが伝票と合致するかを確認する。

ふう。

今日に関しては、特に問題ないようだな。

場合によっては、余計な疑いをかけられるリスクもあるので、俺にとっては嫌な緊張感のある作業である。

後はレジの中の売上げを金庫の中に移動させれば、主な作業は完了である。

「お疲れ様です。アルスくん」

事務所の金庫の中に売上げをしまったところで声をかけられる。

レナだった。

この日のレナは、どういうわけか見慣れない服を身に着けている。

「レナ。残っていたのか」

「はい。店長から華仙料理フェアで使う衣装を貰ったのです。アルスくんには、最初に見てほしいと思いまして」

なるほど。

そういう事情があったのか。

華仙とは、ここから東に離れた場所にある大国である。

この店の看板メニューである炒飯《チャーハン》、麻婆豆腐《マーボーどうふ》などの発祥《はっしょう》の地だ。

レナの身に着けている華仙ドレスは、足から腰にかけて深いスリットが入っていた。

「このドレス。下着が見えてしまいそうで心配なのですよね」

スリットの切れ込みを捲《めく》りながらレナは言う。

たしかに際どい服ではあるな。

実際、レナがスリットの位置をズラしたことによって、下着が見えている状態になっている。

いや、これは見せているということなのだろう。

「アルスくん。ワタシ、今日はバイトで疲れて、お腹がペコペコなんです」

俺の方に体を寄せてレナは言う。

ふむ。何やら雰囲気《ふんいき》が艶《つや》っぽくなってきているようだな。

この様子だといつもの『魔力移し』が必要のようである。

「……今日はその、アルスくんのものを食べたいです」

やはり、こうなるか。

レナは俺の着ている制服を節操《せっそう》なく脱がしていく。

「はぁ……。この匂《にお》い……。凄《すご》いです……。体の芯が痺《しび》れてきます」

頬《ほお》を赤らめたレナは、俺の下半身に向けて愛《いと》おしそうに頬ずりをする。

ふむ。これは止められるような状況ではないようだな。
完全にスイッチが入ってしまっているようだ。

「はぁ……。んっ……。ちゅっ……」

次にレナの取った行動は、俺にとって少し予想外のものであった。
どういうわけかレナは、俺の下半身に舌を這《は》わせてきたのである。

危険な行動だった。

通常、精液は最も高濃度の魔力を誇っているものだ。
更に経口《けいこう》で摂取《せっしゅ》するともなれば、その刺激は倍増する。
レナが行っている行為は、『魔力移し』の中でも最高リスクとも言えるものだ。
得られるリターンが多いが、その分、肉体に対する負荷も大きくなる。

「んっ……。ちゅっ……。ちゅっ……」

無論、この辺りのことはレナも分かっているだろう。

危険はあるが、承知の上ということか。

今のところ、レナの肉体に異状は見られない。

知り合った当初なら絶対に止めていたが、現在《いま》のレナの実力であれば、問題なく魔力を受け入れられそうだな。


「はぁ……。はぁ……。アルスくん……。アルスくん……」


まあ、この状況で止めるというのが土台無理なことだろう。

レナの行為が一層、激しさを増しているのを感じる。

高濃度の魔力は、相当に中毒性が高いのだ。

今のレナは魔力を求めることに必死で、他のことを考える余裕がないのだろう。


やれやれ。

今日の仕事は、残業が確定してしまったようだな。


～～～～～～～～～～～～～～

それから。

思いがけないタイミングで発生した残業を済ませた俺は、《暗黒都市《パラケノス》》の郊外にあるアパートを訪れていた。

やれやれ。

レナの食欲に付き合っていたら身が持たないな。

まさか二時間の残業を強《し》いられるとは思いも寄らなかった。

以前までは常時、五軒以上の隠れ家を持っていたのだが、現在残っている家は、このアパートだけである。

組織を抜けた今となっては、必要以上に警戒をすることもなくなったからな。

経費削減というやつである。

お世辞《せじ》にも立派な家とは言えないが、汎用《はんよう》的な1LDKの間取りで、気に入っている。

家がコンパクトなのは、掃除《そうじ》の手間が省《はぶ》けるというメリットにも繋《つな》がるからな。

「…………」

アパートの階段を上っている最中、部屋の中に他者の気配を感じた。

ふむ。どうやら今日は『先客』がいるらしいな。

「おかえり。アルスくん」

扉を開くと、見知った顔がそこにあった。

ルウである。

ふむ。そう言えば今日は『魔力移し』をする予定の日であったな。

この女には合鍵《あいかぎ》を渡してあるのだ。


「ご飯の準備ができているよ。一緒に食べようよ」


この日のルウは、制服の上にエプロンを着用していた。

どうやら勝手にキッチンを借りて、夕食の準備をしてくれていたようだ。


「今日はいつもより遅かったね。何かあったの?」

「別に。どうということはない。想定外の残業が発生しただけだ」

「ふーん」


俺はルウの疑惑を掻《か》い潜《くぐ》りつつも、着ていた服をハンガーにかける。

ルウが部屋にいる時は、いつもこんな雰囲気だ。

「じゃーん。結構、上手《うま》くできているでしょ？」


それから。

俺はルウの作った夕食を頂くことにした。

今日の夕食は、ルウ特製のハンバーグである。

ケチャップでハートマークが書かれている以外は、取り立てて特筆するべき事柄のない夕食であった。


「どうかな。今日の出来栄えは？」


ルウの料理の腕はというと『可もなく不可もなく』といったところである。

学生としては上手くできているとは思うが、プロの料理人と比較をすれば、かなりの見劣りは否《いな》めない感じである。


「まずまず。七〇点といったところかな。ハンバーグ作りのコツは、焼く前に中心部を窪《くぼ》ませておくことだ。これでムラを出さずに焼き上げることができるぞ」

「むう……。アルスくんってさ。時々、デリカシーがなくなるよね」

俺の返事を聞いたルウは、不満そうに口を尖らしている。

無論、今の発言は自覚の上だ。

元々、ルウは器用なタイプだからな。

学生の身分で、これだけの料理を作れるのであれば、上出来と言えるだろう。

だが、この女を認めるのは、なんとなく癪《しゃく》だと思ってしまうのだ。


「ご馳走様《ちそうさま》。色々と言ったが、悪くはなかったぞ」

「うん。お粗末様でした」


食事の後は二人で並んで、シンクの前に立つ。

暗殺も、食事も『後片づけ』は重要だ。

どんな分野であっても『後片づけ』を軽視する人間は、一流には程遠いと言えるだろう。


「アルスくん。今日は朝まで、ずっと一緒にいたいな」


食事が済んでから暫《しばら》くした後、ルウが甘えた声を出してくる。

やがて、俺たちは、どちらから誘うわけでもなく、自然と寝室に移動する。

「ねえ。しよ」

俺の耳元で囁《ささや》いたルウは制服を脱いでいく。

今日のルウは、普段と雰囲気《ふんいき》が違っていた。

「ふふふ。どうかな。似合っていると良いんだけど」

今日のルウは男を挑発するような煽情《せんじょう》的な下着を身に着けていた。

やれやれ。

はしたない女だ。

まさか、制服の下が、こんな風になっているなんて、クラスの男子生徒たちは想像もできないだろうな。

「お仕事で疲れているんでしょ？　アルスくんは、ジッとしていて良いよ」

ルウは性に積極的だ。

以前は与えられるのを待つ、良くも悪くも『受け身』の状態であったが、最近は自ら魔力を『搾《しぼ》り取る』ように動くようになっていた。

「ん？　この匂《にお》い……？」

俺の下着に手をかけたところで、ルウは何かに気付いたようである。

「ふーん。そっか。そういうこと。今日はレナと一緒にいたんだね」

参ったな。

ルウには全て見透かされているようである。

下着姿で俺の上に跨《また》がったルウは、挑発的な笑みを浮かべていた。

「ふふふ。今日は私が攻めたい気分だよ」

俺をベッドの上に押さえつけているルウの手が力強さを増している。

「料理は七〇点だったらしいからね。夜は一〇〇点の技を見せてあげるよ」

やれやれ。

この女の前では、伝説の暗殺者《アサシン》も形無しだな。

だが、今日はアルバイトで色々とあって疲れているのは確かである。

ここは、ルウの言葉に甘えさせてもらうことにしよう。


～～～～～～～～～～～～～～～


それから。

魔力移しを済ませた俺は、ルウを送るために街に出ることにした。

治安が改善されつつあるといっても、夜の《暗黒都市《パラケノス》》を若い女が一人で出歩くのは、危険が付き纏《まと》うことになる。


「ふう。私は今、とても幸せな気分だよ。アルスくん」


十分な魔力を補給できて満足したのだろう。

ルウは上機嫌だ。

俺の腕を取って歩くルウの足取りは、羽が生えたように軽やかなものであった。


「む。アレはなんだろうか」

《暗黒都市《パラケノス》》を出歩いていると、奇妙な光景を目にすることになった。

二人の若者が殴《なぐ》り合いの喧嘩《けんか》をしているようだ。

最初は、ボクシングの真似事《まねごと》をしているのかとも思ったのだが、それにしては少し様子がおかしい。

「オラオラ。どうした。息が上がってきているぜ」

「はぁはぁ……。クソッ！　このっ！」


一人はボクシンググローブを装着して、一方的に攻撃を続けているのだが、もう一方は相手の攻撃を回避するだけで反撃する様子がない。

男たちの前には『殴られ屋』という看板が掲《かか》げられていた。

それなりにギャラリーたちも集まっているようだ。


「よし。ジャスト三分だ。オレの勝ちだな」

暫く攻撃を避け続けていた男は勝ち誇った表情を浮かべていた。

「クソッ！　完敗だ！」

感情的に叫んだ箱の中に札束を叩きつける。

箱の中には既に、それなりの札束が積まれているようだった。

「最近、多いみたいだね。この『殴られ屋』という人たち」

「殴られ屋、とはなんだ」

「腕自慢の人たちが、お客さんに殴らせる商売だよ。一定時間以内に倒せば賞金が出る、というシステムなんだって」

なるほど。

よくよく周囲を観察してみると、似たような催《もよお》し事《ごと》は、あちらこちらでも開催されているみたいだな。

俺が組織で活動していた頃は、聞いたこともない商売である。

平和な時代を受けての変化、ということなのかもしれないな。

「ヘイッ！　カモン！　オレの名前はジョニー。路上《ストリート》で無敗のボクサーさ。ほらほら。どうした。次の挑戦者はいないのか？」

「「「…………」」」

ギャラリーたちから次の挑戦者を募《つの》る男であったが、どうやら反応は芳《かんば》しくはないようだな。
先程の戦闘の様子を見て、怖気《おじけ》づいているような様子であった。

「俺がやる」

人を殴っただけで金がもらえるのであれば、俺にとっては、これほど都合の良いことはないだろう。

「おっと。学生さんかい。その貧相なナリでオレ様に挑もうとは、良い度胸だな」

俺の姿を前にするなり、ジョニーとかいうボクサーは挑発的な態度を取っていた。

「可愛《かわい》い彼女の前で良い恰好《かっこう》をしたいだけ、ということなら止めておけよ。恥《はじ》をかくことになるぜ」

彼女というのは、隣を歩いていたルウのことを指して言っているのだろうか。

俺たちの関係は、世間一般的な恋人関係とは少し異なるのだけれどな。

「いやあ。私たちはそういう関係じゃ……」

「おっ。そうかい。なら、オレにもチャンスがあるっていうことか。なあ。嬢ちゃん。オレにしておけよ。そこにいるモヤシより、百倍は楽しませてやることができるはずだぜ」

どうやらジョニーとかいう男は、ルウに興味津々《しんしん》のようである。

やれやれ。

知り合いが口説《くど》かれているのを見るのは、あまり気分の良いものではないな。

「だからさ。オレにしておけよ。オレなら、こんな可愛い子を放ってはおかないぜ。毎日でもデートに誘ってあげられると思うんだけどな」

「アハハ……。誰かさんにも言ってあげて下さい」

それからもジョニーは、執拗《しつよう》にルウを口説いているようだ。

ルウは慣れているのか、適当に聞き流しているようである。

ふう。このままでは埒《らち》が明かないな。

ジョニーとかいう男には悪いが、勝手に準備を進めさせてもらうことにしよう。

地面に転がっているグローブを拾ってみる。

使い古されてはいるが、相当に厚手のグローブだ。

卑怯《ひきょう》なやつだな。

これだけの厚手のグローブであれば、素人《しろうと》の攻撃では、まともな威力を出すことができないだろう。

つまり客たちは、最初から勝ち目のない勝負を強《し》いられているということになる。

「準備はできたぞ。早く始めてくれ」

面倒ではあるが、仕方がない。

ここは金策のために相手のルールの中で戦っておくことにしよう。

「チッ……。空気の読めない男だな。今、良いところだったのによぉ」

ナンパの邪魔をされたジョニーは、苛立《いらだ》ちを隠せない様子であった。

「はあ……。たまにいるんだよな。お前みたいな口だけ野郎。来いよ。力の差を分からせてやる」

さてさて。口だけ野郎はどちらかな。

ゴングが鳴り、試合が始まる。

試しにジョニーの間合いに入ってみるが、ジョニーが攻撃してくる気配はないようだ。

なるほど。

殴らせ屋、という名の通り、客は一方的に殴ることができるようだ。

賞金目当ての客以外にも、ストレスの溜まった人間にとっては、需要《じゅよう》のあるサービスなのかもしれない。


「オラオラ！　どうした！　モヤシ！　ビビっちまったか！　ああん！　かかってこいや！　こら！」


グルグルと上半身を回しながらジョニーは挑発的な言葉を口にする。

であれば、お言葉に甘えさせてもらうことにしよう。

このグローブは衛生的ではないのでな。

できれば、手に臭《にお》いがうつる前に決着をつけておきたいところである。


「なっ――。消えたっ――!?」

別に消えたわけではない。
少し早くジョニーの背後に回り込んだだけである。

「ガアッ」

俺はガラ空きになったジョニーの頭上に拳をぶつけてやることにした。
いくら厚手のグローブを装着していたとしても関係がない。
背後から不意の一撃をくらえば一溜まりもないだろう。
俺の攻撃を受けたジョニーは、無様に地面を転がった。

「ダウンを取ったぞ。これでいいか」
「…………」

一瞬の出来事で状況を呑《の》み込むことができなかったのだろう。
地面に倒れたジョニーは、唖然《あぜん》とした表情を浮かべていた。

「ち、違うぞ！　今のは、カスッただけだ！　ノーカンだ！」

なるほど。あくまで負けを認めないつもりか。
まあ、ここで負けを認めれば、賞金を失うことになるのだからな。
必死になる理由には頷《うなず》けるものがある。

「クソッ！　よくも、このオレ様に恥をかかせてくれたなぁ！」

立ち上がったジョニーは、殺気の籠《こ》もった視線を俺に向けていた。

「どらぁっ！」

次にジョニーの取った行動は、俺にとっても少し予想外のものであった。
何を思ったのかジョニーは、俺に向かって大振りのパンチを繰り出してきたのである。
やれやれ。
殴《なぐ》らせ屋の看板を掲《かか》げている人間が、客に殴りかかってくるようではダメだろう。
プロとして失格だな。
であれば、俺も遠慮《えんりょ》をする必要はないだろう。
すかさず俺は、カウンターの一撃を叩きこんでやることにした。

「ぐふぅっ！」

敵のパンチに合わせて、自分のパンチを合わせる技術をカウンターという。

危険度も高いが攻撃が決まれば、大ダメージを与えることのできる必殺の一撃となるのだ。

「ガハッ！」

俺の攻撃を受けたジョニーは、勢い良く地面の上を転がった。

このダメージでは、暫《しばら》く起き上がることは難しそうである。

やれやれ。

潔《いさぎよ》く負けを認めておけば、ダメージは浅かったと思うのだけれどな。

「嘘だろ……。あのジョニーを一撃で……⁉」

「あのガキ……。一体、何者だ……？」

俺の戦闘を目《ま》の当たりにしたギャラリーたちは、口々にそんなコメントを残していた。

見たところ、殴られ屋を営《いとな》んでいる同業者のようである。

「アハハ。流石《さすが》はアルスくん。容赦《ようしゃ》がないね」

俺の戦闘を目の当たりにしたルウは、心なしか呆《あき》れたような声を漏《も》らしているようであった。

「じゃあ、約束通り賞金はもらっていくぞ」

目的は果たした以上、長居は無用だろう。

俺は約束の賞金を回収した後、ルウと共に足早に立ち去ることにした。

それにしても、殴られ屋か。

これは都合の良いサービスを見つけられたかもしれないな。

定期的に足を運べば、暫くは資金不足の問題を解決することができるかもしれない。

～～～～～～～～～～～～～～～～

一方、その頃。

時刻はアルスたちが、殴らせ屋に遭遇《そうぐう》するより少しだけ前に遡《さかのぼ》ることになる。

ここは、《暗黒都市《パラケノス》》のマンホールを通った先にある、地下施設である。

外部の人間には、発見することが困難なこの場所にアジトはあった。

「諸君。今日まで、よく我慢してくれた。ようやく明日、我々の悲願は果たされることになるだろう」

数百人を越える部下を引き連れて、高らかに声を上げる男がいた。

男の名前はアッシュ・ランドスター。

かつてアルスが戦った宿敵レクター・ランドスター、ジブール・ランドスターの親族に当たる男であった。

「キミたちに与えたものは、傲慢《ごうまん》な貴族たちに鉄槌《てっつい》を下す神の力だ。その力、存分に活《い》かして、組織のために役立ててほしい」

アッシュが与えた能力は、兄レクター・ランドスターが研究していた『庶民《しよみん》が魔法を使える力』の発展形と呼べるものだ。

その研究は、人類にとっての禁忌《きんき》に触れるものであり、マッドサイエンティストとして悪名の高い実兄にすら疎《うと》まれることがあった。

「まずは王立魔法学園を制圧。そして次は、《神聖なる王城《セイント・キャッスル》》を取りに行くよ。兄上が果たせなかった悲願はボクたちが果たさないとね」

かつて《逆さの王冠《リバースクラウン》》は、反乱《クーデター》を起こして、《神聖なる王城《セイント・キャッスル》》を制圧して、この国の権力を手中に収める計画を企《くわだ》てていた。

だがしかし。

この計画は志《こころざし》を半ばにして頓挫《とんざ》することになる。

全ては、大監獄《だいかんごく》から脱獄を果たして、奇跡的な復活を遂《と》げたアルスの功績であった。

「エドワード。学園襲撃作戦の指揮を執《と》るのはキミだよ。新戦力であるキミの力、存分に発揮してほしい」

「御意《ぎょい》」

アッシュに呼ばれて前に出た男の名前は、エドワード・クリューゲルといった。

かつて、美術の授業でアルスに敗れて、復讐《ふくしゅう》に燃える男子生徒であった。

組織から力を授かったエドワードは、現在、組織の忠実な駒《こま》として、メキメキと頭角《とうかく》を現していた。

「総帥《そうすい》。恐れながらも、進言がございます」

「なんだい。スパイダー」

アッシュの演説に口を挟む男の名前は、スパイダーといった。

この名前は、組織が彼に与えたコードネームのようなものである。

「貴族の子息たちが集まる王立魔法学園。そこを狙うのは賛成です。彼らには、人質としての利用価値がありますから。ですが、そこに百人の人員を割《さ》くというのは、賛成致しかねます。些《いささ》か力を入れ過ぎではないでしょうか」

全盛期は末端まで含めれば、一万人近い構成員を誇っていた《逆さの王冠《リバースクラウン》》であるが、現在の人員は、もの寂しいものであった。

その構成員は、精々、三百人にも満たないものである。

アッシュから与えられた力は、たしかに強大なものだ。

だが、国を落とすという大役を果たすには、少しの戦力も無駄にできないだろう。

「ふふふ。どうやらキミは勘違いをしているらしいね。ボクは百人という戦力は、『少な過ぎる』と判断しているのだよ」

「そ、それは一体どういうことでしょうか？」

「いいかい。キミたちのメインの仕事は、アルス・ウィルザードを相手に時間を稼《かせ》ぐことだ。貴族の子息たちを人質に取るというのは、あくまでサブのミッションに過ぎない。そのことは、くれぐれも肝《きも》に銘《めい》じてほしい」

「…………」

アッシュの言葉を受けた部下の男は、不満そうに唇を噛《か》みしめる。

心酔する上司であるアッシュが、これほどまでに評価するアルス・ウィルザードという男の力が、どれほどのものなのか――。

どうして学園襲撃の指揮《しつと》という大役を新入りであるエドワードに任せるのか――。

男の胸中には、激しい嫉妬の感情が渦巻《うずま》いていた。

「ふふふ。大丈夫。安心するといいよ。今回の作戦にあたり、ボクは三つの秘密兵器を用意したからね。ボクたちの敗北は百パーセントありえないよ」

全ての計画は、順調に進んでいる。

大勢の兵隊たちを率《ひき》いながらもアッシュは、邪悪な笑みを浮かべるのであった。

6話　教室の事件

でだ。

俺がレストランのアルバイトを始めてから二カ月ほどが経過していた。

あれからというもの俺は、平和な学園生活を過ごすことができている。

殴《なぐ》らせ屋のサービスに出会ってからは、俺の懐《ふところ》事情《じじょう》は劇的に改善した。

おかげで最近は、シフトの回数を減らすことができて、自由な時間が増えている。

とはいえ、殴らせ屋を利用した金策は長くは続かないようだ。


「おい。見ろよ。例のガキが来たみたいぜ」

「アイツだろ。ジョニーを引退に追い込んだっていう奴は」

「畜生《ちくしょう》！　今日は撤収《てっしゅう》だ！　店仕舞いにするぜ！」


残念であるが、仕方があるまい。

ここ数日は、俺の姿を見るなり、殴らせ屋の連中は、蜘蛛《くも》の子《こ》を散らすようにして逃げるようになっていた。

「頼むよ！　アルスくん！　キミだけが頼りなんだ！　特別に時給を上げておくからさ！」

ふうむ。

そう言えば《あおぞら食堂》の店長から『給料を上げるから出勤日数を増やしてほしい』と頼まれていたな。

自由時間を削られるのは、本意ではないのだが、検討《けんとう》してみても良いのかもしれない。


〜〜〜〜〜〜〜〜〜〜〜〜〜〜


さて。

アルバイトと並行して、学業の方も真面目《まじめ》にやっている。

既に進級に必要なＳＰ《スクールポイント》は稼いでいるので、授業に出る義務はないのだが、他に優先するほどのタスクがないというのが現状である。

退屈ではあるが、不満はない。

俺が目標としている『普通の学生』になるには、他の生徒と同じように授業に出席することは不可欠だろうからな。

意に沿わない退屈な時間を過ごすことも『普通の学生』にとっては必要なことだろう。

そんなことを考えながら、オレはいつものように、見慣れた通学路を歩いていた。


「おはよう。アルスくん」


不意に背後から声をかけられる。

ルウだった。

彼女の首元には、薄手のマフラーが巻かれていた。

ふむ。もう、そんな季節になるのか。

そう言えば、少し肌寒く感じるようになってきたな。

いつの間にか、秋が過ぎて、季節も冬に移り変わる準備を始めていた。


「平和になると時間の進みも早いということかな」

「え？　何か言った？」

「なんでもない。独り言だ」


ルウの言葉を受け流した俺は、学園に向かって歩みを進めるのだった。

〜〜〜〜〜〜〜〜〜〜〜〜〜〜〜

それから。

学園に到着した俺は、窓際の列の一番後ろのいつもの席に着いて、朝のＨＲ《ホームルーム》を待つ。

窓の外に視線を移すと、学園の敷地に植えられた木々の葉は、枯れ落ちて、もの寂し気な表情を浮かべていた。

「えー。今日はリアラ教諭に代わって、このワタシが特別に朝のＨＲ《ホームルーム》を務めることになった」

リアラの代わりに教室に現れたのはブブハラである。

この男は、何かにつけて俺を目の敵《かたき》にすることが多い教師である。

「今日は年に一度の『教師研修の日』だ。学園内の若い教師連中は、出払っているところだ。よって、今日のスケジュールは、丸一日、ワタシが貴様らに特別な授業を行ってやろう」

「「「えええ〜」」」

教室の中から悲鳴にも近い声が漏《も》れる。

なんといっても、ブブハラの授業は、ウチの学園の中でも断トツで人気がない。

「うるさい！　不満を唱えるものからは、SP《スクールポイント》を没収するぞ！」

ブブハラの激励によって、教室の中の空気は再び静まり返った。

やれやれ。

今日の授業は一段と退屈なものになりそうだな。

～～～～～～～～～～～～～～～

それから。

予想外のアクシデントによって、ブブハラの授業は連続して行われることになった。

「であるからにして、魔法の基礎となる魔力の総量というのは、素因数分解の公式によって求めることができ――」

代わり映えのしない内容の授業は続いている。

早々に教師から与えられた課題を片づけた俺は、手持ち無沙汰《ぶさた》になって、窓の外の景色を眺めていた。

こうして平穏な日常を享受《きょうじゅ》していると、不意に思うことがある。

全てが悪い夢だったのではないかと。

裏の世界に生きて、殺しの日々に明け暮れていた俺は何処《どこ》にもいない。

こうして『普通の学生』として生きている俺が、本当の俺の姿だったのではないだろうか。

分かっている。

全ては俺の思い過ごしなのだろう。

俺の悪い癖《くせ》だな。

こんな日常を享受していると、色々と不要な思考が頭を過《よぎ》ってしまうのだ。


「――――――!?」


異変に気付いたのは、授業中に俺がそんなことを考えていた時のことであった。

ふむ。

これはとんでもない事件が起きそうだな。

学園の中で、これほど大規模な事件が起きるのは、間違いなく史上初めてのことだろう。

やれやれ。

少しだけ安心したな。
やはり平穏な日常は、俺に似合わない。
俺の本分は混沌《こんとん》とした『戦場』の中でこそ見出《みいだ》されるのであろう。
いつの時代も『平和』なんてものは唐突《とうとつ》に壊されるものなのだ。

バリッ！　バリンッ！

突如として教室の中に窓ガラスが割れる音が鳴り響く。
随分《ずいぶん》と荒っぽい連中だ。
ドラゴンに乗って、空から教室にまでダイレクトに侵入してきたぞ。

「動くな！　この学園は我々、《新生・逆さの王冠《リバースクラウン》》が完全に制圧をした！」

教室の中に入ってきたのは総勢五人の男たちであった。

この気配、学園に入ってきた連中は、他にもいるようだな。
突然の襲撃を受けて生徒たちは、唖然《あぜん》としている。
《新生・逆さの王冠《リバースクラウン》》か。
俺にとっては初めて聞く名前だな。

『これに関しては確証がない。だが、暗殺者を雇ってお前を狙ったのは、十中八九、《逆さの王冠《リバースクラウン》》の残党の仕業《しわざ》だと考えている』

その時、俺の脳裏《のうり》に過ったのは、いつの日か親父《おやじ》から伝えられた言葉であった。
ふうむ。
この男たちが、親父の言っていた《逆さの王冠《リバースクラウン》》の残党ということだろうか。
であれば、今までと同じように俺を狙ってくる可能性は高そうだな。

「ふっ。ふははは！　はははははは！」

次に起こった展開は、俺にとっても完全に予想外のものであった。
何を思ったのか、男子生徒の一人が急に席を立って高笑いを始めたのである。
普段、俺を蔑《さげす》んで、目の敵《かたき》にしている男子グループのメンバーだ。

「バカな庶民《しょみん》がいたものだ。ここは神聖なる王立魔法学園。将来を約束されたエリート魔法師たちが通う学園だぞ。武器を持たずに庶民が喧嘩《けんか》を売るなど愚《ぐ》の骨頂《こっちょう》。貴様たち、よほど死にたいらしいな」


なるほど。

慢心の結果、恐怖心が欠如しているのか。

たしかに、襲ってきた人間たちは魔法を使えない庶民が大半のようである。


甘いな。


この貴族は実戦の経験が足りずに慢心しているのだろう。

どの分野でも同じことが言える。

得てして経験が浅く、能力の低い人間は、自分の力を過信してしまう傾向にあるのだ。

状況からいって、敵は素人《しろうと》ではなさそうだ。

教師たちが研修に出て、学園側の警備が薄いタイミングを狙っていることから、計画的な犯行であることは明白である。

「ほらほら！　どうした。庶民。魔法を見るのは初めてか？　これがボクのとっておき。身体強化の魔法だ！」

席を立った男子生徒は、身体強化の魔法を発動する。

「ふふふ。ボクの身体能力は今、通常の三倍になっている。お前のような庶民には触れることもできないだろう」

自慢気な表情を浮かべた男子生徒は、《新生・逆さの王冠《リバースクラウン》》という名のテロリストの集団に近付いていく。

異変が起きたのは、その直後のことであった。

「黙れ」

テロリストが反撃に転じたようだ。

刹那《せつな》、テロリストの拳が男子生徒の腹にめり込んでいく。

ふむ。身体強化魔法で身を守っているとはいえ、重傷のダメージは逃れられないようだな。

「ガハッ——!?」

テロリストの攻撃をモロに受けた男子生徒は、吹き飛ぶ。

そして、壁に激突した後、白目を剝《む》いて気絶をしているようだった。

「ふふ。どうだ。これは我らが『神』が与えてくれた力だ。力の差を思い知るのは貴様らの方だったな」


腑《ふ》に落ちないな。

たしかに魔法の質は低かったが、貴族の生徒は身体強化魔法を使っていたのだ。

三倍増し、とは言えないが、三割増しくらいにはなっていたはずだ。

少なくとも魔法を使えない人間が、一方的に蹂躙《じゅうりん》できるような状況ではなかったはずである。

身体強化魔法発動——《解析眼》。

そこで俺が使用したのは、《解析眼》と呼ばれる魔法であった。

なるほど。

やはりテロリストの男は、魔法を使ったわけではないようだ。

だが、その肉体からは、禍々《まがまが》しい生命エネルギーが満ち溢《あふ》れているようだ。

俺の知らない未知の技術、といったところか。

これは想像以上に厄介《やっかい》な状況に陥《おちい》ってしまっているのかもしれない。

「お、お前たちの目的はなんだ？　一体、何故、こんな酷《ひど》いことをする!?」

疑問の声を上げたのは、先程、倒された男子生徒の友人と思《おぼ》しき男子生徒だった。

「ふっ。知れたことよ。我らの目的は、貴様らのような傲慢《ごうまん》な貴族たちに鉄槌《てっつい》を下すことだ。そのために我らが『神』は、力を授けて下さったのだ」

「ウグッ……。な、なんという無礼な奴らだ。庶民の分際で貴族に楯突くとは」

ふうむ。この期に及んで、反抗的な態度を取るとは、貴族のプライドの高さというのは、度《ど》し難《がた》いものがあるな。

「話にならん。ここの連中は、立場というものが分かっていないようだな。やはり見せしめに一人くらい殺しておくか？」

まずいな。

明らかに場の空気が悪い方向に変わったようだ。

仕方がない。俺が動くか。

やれやれ。

これからは『普通の学生』として生きると決めた以上、目立つ行動は取りたくなかったのだけれどな。

今は悠長《ゆうちょう》なことを言っていられる余裕はなさそうだ。

手遅れになる前に助け舟を出しておいた方が良いのだろう。

そう判断した俺は手元にあった『とあるもの』を投げ飛ばしてやることにした。


「ふごっ⁉」

俺の攻撃を顎に受けたテロリストの一人は、吹き飛んで黒板に激突することになった。

「あがっ」「うぎゃっ」「おごっ」

続いて二人目、三人目、四人目と、俺はテロリストに向かって攻撃を続けていく。

「な、なんだ……。一体、何が起こっていやがる……？」

テロリストたちからしたら恐怖以外の何物でもないだろう。

音すらもなく、体が吹き飛んでいくのだからな。

種明かしをしよう。

俺が武器にしているのは、なんてことはない『消しゴムのカスを丸めたもの』だ。

だが、付与魔法で強化することによって、俺のケシカスの威力は、小型の拳銃にも匹敵するものになっている。

武器となるケシカスは、先程、貴族の男子生徒が暴走していた時に用意させてもらったものだ。

材料が手頃なので、弾数は無限に近い。

「いてぇ……。いてぇよ……」

「畜生《ちくしょう》……。誰がやりやがった……」

ふむ。少し驚いたな。

大した打たれ強さだ。

魔法を使用できない庶民たちが、俺のケシカス攻撃を受けても戦闘不能に陥らないのは称賛に値する。

「ア、アイツだ！　さっきから、アイツの方から飛んでくるんだよ！　何かが！」

ふむ。流石《さすが》にバレたか。

相対的に目立たない攻撃ではあったが、敵に気付かれずに攻撃を続けるのには限界があったようだな。

「テメェだな。さっきからオレたちの邪魔をする奴は！」

気付くと囲まれていた。

窓際の列の一番後ろに位置する俺の席は、テロリストたちに完全に包囲されていた。

「アルスくん……⁉」

「どうしよう。アルスくんが……」

教室にいたレナとルウが心配そうに俺の方を見つめている。

俺は二人に一言だけ『問題ない』というアイコンタクトを飛ばしてやる。

こう見えて、修羅場《しゅらば》は潜《くぐ》り抜けてきているのだ。

俺にとっては、この程度のトラブル、ブレックファースト前のコーヒーブレイクとなんら変わりのないものである。

「そうだと言ったら？」

俺はあえて敵の注意を引き付けるために挑発的な態度で返してやる。

「んだばっ！　死んどけや！」

怒り狂った男の拳が飛んでくる。

だが、破壊できたのは机のみであり、俺を捕らえることはできなかった。

「なっ――!?　消えた――!?」

別に消えたわけではない。

少し早く跳んでみただけである。

俺は教室の天井を経由して、教壇《きょうだん》の方に移動する。

「いたぞ！　あそこだ！」

テロリストたちは、それぞれ、銃を取り出して応戦の構えを見せている。

ふむ。やはり武器を隠し持っていたか。

だがしかし。

ここまでは俺にとっても想定通りの展開であった。

「撃て！」

リーダーらしき男の指示を受けて、テロリストたちが一斉に発砲を開始する。

付与魔法発動――《耐性強化》。

そこで俺が付与魔法を発動してやる。

対象となるのは、黒板の近くに置かれていたサイズの大きい分度器である。

カンカンカンッ！

俺は迫りくる弾幕を分度器のバリアーによって、全て弾き返してやることにした。

「なに⁉　跳ね返しただと⁉」

俺の実力を前にしたテロリストたちは、唖然《あぜん》として立ち尽くしている。

なんてことはない。

普段、使っている教室の道具も付与魔法を施《ほどこ》せば、最高の武器にすることができる、ということだろう。

今度は、俺のターンだ。

次に俺が目を付けたのは、黒板の下に置かれていたチョークである。

筆記に使用されるチョークだが、貝類、珊瑚《さんご》、炭酸カルシウムなどを原材料としている。

武器として利用した時の威力については、先程のケシカスの弾丸と比べて、桁違《けたちが》いと言えるだろう。

「俺のチョークは大砲だ」

ケシカスの威力を銃弾に喩《たと》えるのであれば、チョークの威力は大砲のレベルに達している。

本気を出して強化をすれば、人間どころかドラゴンの一匹くらいは訳なく吹き飛ばすことができるのだ。


「あがっ」「うぎゃっ」「おごっ」


強化したチョークを受けたテロリストたちは、教室の壁に激突して、気絶していく。

他愛《たわい》ない。

ケシカス攻撃には耐えたテロリストたちであったが、チョークの大砲に耐えることはできなかったようだな。


「おいおい……。嘘だろ……」

「信じられない……。あの庶民《しょみん》、たったの一人で敵を全員倒しちまったぞ……」


俺がテロリストたちを返り討《う》ちにしたことが意外だったのだろうか。

クラスメイトたちは、唖然とした反応をしている。

全員、倒したか。

どうやらクラスの連中は、勘違いをしている。

「うぐう……。なんの……。これしき……」

正確には、俺の攻撃を受けても、一人だけ意識を保っていた人間がいたようだ。
テロリストたちのリーダーと思《おぼ》しき男である。
ふむ。少し驚いたな。
ドラゴンすら粉砕《ふんさい》する威力の攻撃を受けても、立ち上がることができるとは。
裏の世界の魔法師たちの中でも、上位レベルの戦闘能力であることは間違いないな。

「……理解したぞ。貴様だな。アルス・ウィルザード。我らが『神』が唯一、警戒に値すると評価した人間だ」

光栄なことだ。
このテロリストたちを裏から操る首謀者《しゅぼうしゃ》は、俺の名前を認知してくれていたようだな。

「チッ……。仕方がない。奥の手は、最後まで隠しておきたかったのだけれどな」

ふむ。男を取り巻く雰囲気《ふんいき》が変わったようだ。

何やら今まで以上に不穏で異様な気配を感じる。

「絶望に明け暮れろ。貴族ども」

異変が起きたのは男が啖呵《たんか》を切った直後のことであった。

メキッ！　メキメキメキッ！

男の肉体が異形《いぎょう》のものに変わっていく。
新しく四本の手が生えて、全身が薄っすらと黒色の体毛に覆《おお》われる。
どうやら蜘蛛《くも》のような外見に変化したようだ。

「うわああ」

この状況を受けてパニックに陥《おちい》ったのは、クラスメイトたちである。
今までは教室の隅で身を震わせていたのだが、恐怖が限界に達したのだろう。
クラスメイトたちは散り散りになって、出口に向かって駆け出していく。

「おっと。逃がさないぜ」

不敵に笑った男の手からは、無数の糸のようなものが噴射される。

「おい！　なんだよ！　これは！」

「扉が開かないわ！　外に出られない！」

廊下《ろうか》に繋《つな》がる扉は、いつの間にか白色の糸によって覆われていた。

蜘蛛の糸か。

外見だけではなく能力まで『蜘蛛』に近くなっているということなのだろうか。

「火炎玉《ファイアボール》！」

この状況を受けて、冷静に動いたのはレナであった。

レナは行く手を阻《はば》んでいる蜘蛛の糸を突破するために、得意の魔法を発動したようである。

悪くはない判断だ。

だがしかし。

そこで少し驚くべきことが起こった。

「なっ……。ワタシの魔法が効かない……!?」

俺の眼からみてもレナの魔法に落ち度があったわけではなかった。

敵が出している蜘蛛の糸が特別に高性能なのだろう。

異様な能力だ。

このタイプの魔法は、初めて見るな。

今まで《逆さの王冠《リバースクラウン》》の連中が使っていた『異能の力』とも性質が少し異なるような気がする。

「さあて。何人、狩るかな」

まずいな。テロリストのリーダー意識が生徒たちに向かっている。

どうやら敵の狙いは、目立つ行動を取ったレナのようである。

「コイツで終わりだ」

テロリストのリーダーは、レナのいる方向に向かって、粘着質な糸を射出する。

炎ですら焼き払うことができない強力な糸だ。

顔面に食らえば、窒息死《ちっそくし》するかもしれない。

助け舟を出すことも考えたが、すんでのところで思い止まる。

どうやら俺が手を打つまでもないようだな。


「氷柱盾《アイスシールド》」


このピンチを受けて、誰よりも素早く動いたのは、ルウであった。

なるほど。考えたな。

たしかに氷の盾であれば、蜘蛛の糸は完全にシャットダウンすることができそうだ。

ルウの作り出した氷の壁は、クラスメイト全体に危害が及ばないように展開された。

「クッ……。こんな報告は受けていないぞ……。アルス・ウィルザード以外にも、これほどの魔法の使い手がいたとは……」

予想外の反撃を受けたテロリストのリーダーは、あからさまに動揺《どうよう》しているようであった。

ふむ。

予想外のところで過去の訓練が役に立ったな。
とはいえ、いつまでも二人に負担をかけるわけにはいかないな。
早急に手を打つ必要がありそうだ。
そう判断した俺は、近くにあった机を思い切り蹴《け》り飛ばしてやることにした。

「ぐぼあっ！」

勢い良く飛んでいった机は、テロリストのリーダーの頭に直撃した。
なるほど。流石《さすが》に硬いな。
この程度の攻撃では大したダメージを与えられないみたいである。

「チッ……。面倒な奴らだ。だが、気が変わった。やはり最初に殺すのは貴様だ！　アルス・ウィルザード！」

作戦成功。
ダメージは与えられずとも、敵の注意を俺に引き付けることはできたみたいである。

「キシャアアアアアアアアアアアアア！」

奇声を上げたテロリストのリーダーは、俺に向かって蜘蛛の糸を放出する。
俺は咄嗟《とっさ》に分度器の盾で敵の攻撃をガードすることにした。

「…………!?」

ふむ。少し驚いたな。
どうやら敵の糸は、ゴムのように伸び縮みするようだ。

「おっと。コイツは先に預かっておくぜ」

俺の手にしていた分度器の盾は、伸縮自在の蜘蛛の糸によって、取り上げられることになった。

「オラオラ！　どうした！　アルス・ウィルザード！」

敵の攻撃は続く。
厄介《やっかい》だな。この粘着質な糸は、分度器の盾で防ぐことができず、だからといって刃で切ることも難しそうだ。

であれば、別の対抗手段を考えることにしよう。

俺が目を付けたのは、窓際に備え付けられたカーテンだ。

俺は教室の中のカーテンにくるまることによって、蜘蛛の糸をシャットダウンしてやることにした。

ルウの作った氷の盾から学ばせてもらった。

敵の糸を防ぐには、教室にある物を利用するのが確実だろう。


「チッ……。ちょこまかと……」


他愛《たわい》ない。

自慢の蜘蛛の糸もカーテンを利用すれば届かないようだな。

さて。暫《しばら》く観察すると、敵の手の内は完全に見えた。

決着をつけることにしよう。

ここぞとばかりに俺は隠し持っていたチョークを投げつける。


「効かぬわ！」

ふむ。残念ながら、チョークの攻撃は既に見切られているようだ。
だがしかし。
ここまでは俺にとって、想定の範囲内である。

「んなっ――!?」

敵の弱点はハッキリしている。
接近戦だ。
異常に長い蜘蛛の手足は、接近戦に不利に働くことになるだろう。

ガキンッ！

敵の懐《ふところ》に飛び込んだ俺は、近くにあった椅子《いす》で頭を殴《なぐ》ることにした。

「ガハッ！」

俺の攻撃を受けたテロリストのリーダーは、白目を剝《む》いて気絶した。
ふむ。どうやら意識を失うと、蜘蛛の姿が解除されて、人間の姿に戻るようだな。

不思議な能力だ。

このテロリストたちを裏で操っていた黒幕とやらに少しだけ興味が湧いてきたぞ。


「ううう……。どうしてボクたちが……」

「こんな目に遭《あ》わなくちゃいけないんだよぉ……」


さてさて。

教室の中にいたテロリストたちは無事に撃退できたわけだが、クラスメイトたちの不安を完全に取り除くことができたわけではなかったようだ。

恐怖に駆られた生徒たちは、身を竦《すく》めている。

無理もない、か。

学園に潜伏したテロリストたちは、他にも複数人いるようだからな。

やれやれ。

面倒ではあるが、俺が対応するより他はないようだな。


「ティーチャー。体調が優れないので保健室に行ってきますね」

「あっ。あっ……。あああっ……」

はあ。情けない。
普段は俺を庶民《しょみん》とバカにしている大きな態度も、今はすっかりと委縮《いしゅく》してしまっているようだ。

教室を出ようとした時、違和感を覚える。
むう。そういえば出口は蜘蛛の糸で塞《ふさ》がれていたのだったな。
一刻を争う事態なので、ここは緊急の手段を取らせてもらうことにしよう。

ドガシャアアン！

俺は教室の扉を蹴飛ばして強引に開けることにした。
むう。革靴《かわぐつ》の裏に蜘蛛の糸が少し付いてしまったな。
だが、この程度であれば問題ないな。
靴底にガムが付いたようなものだろう。
教室を後にした俺は、颯爽《さっそう》と廊下《ろうか》を駆け抜けるのであった。

一 7話 一 世界の異変

それから。
教室を出た俺は、改めて、自分の置かれた状況を整理してみることにした。
現在、俺が最優先で行うべきことは、周囲の状況を把握《はあく》することだろう。

探知魔法、発動。

そこで俺が使用したのは『探知魔法』と呼ばれる特殊な魔法であった。
この魔法は広範囲に微弱の魔力を飛ばして、その反応を観察することで、周囲の様子を探ることを可能としている。

ふむ。学園に潜入した敵の数の合計は九十九人か。

学園を一つ占領するのに大した手の込みようである。

テロリストが占拠しているのは、一年生の教室のようだ。

他にも学園の出入り口にも多数の人員が割《さ》かれている。

まずは一年生の教室を占拠した後、他の教室にいる生徒たちも順次、制圧していくつもりなのだろう。

「失礼。邪魔するぞ」

状況の分析を済ませた俺は、隣の教室の扉を蹴破《けやぶ》って、中に入っていくことにした。

「ああん？　なんだ！　テメェは！」

ふむ。案《あん》の定《じょう》だな。

隣の教室に足を踏み入れてみると、テロリストたちが生徒たちを縄で縛《しば》り、拘束《こうそく》しているようだった。

「非常時における臨時講師、といったところだ。今日は、お前たちに特別に授業をしてやろう」

「ほざけっ！」

異変に気付いたテロリストたちが、一斉に俺に襲い掛かってくる。

「アガッ！」「ウゲッ！」「オゴッ！」

生憎《あいにく》と他にもするべきことが山積みなのでな。

最初から全力でいかせてもらうことにしよう。

「な、なんだよ……。このガキ……」

「強い。強すぎる……」

他愛《たわい》ない。

結局、俺が教室に足を踏み入れてから三秒にも満たないうちに、テロリストたちは床に転がることになった。

「お、お前は……。隣のクラスの庶民……!?」

「どういうことだよ。どうして庶民が強いんだ……!?」

庶民に命を救われることになるとは、夢にも思っていなかったのだろう。

隣のクラスの生徒たちは、手足を縄で縛られながらも、唖然《あぜん》としているようであった。

「すまないが、時間がないのでな。後のことは自分たちでなんとかしてくれ」

残る敵は、八十人といったところか。

一人一秒で片付けていけば、移動に四十秒の時間をかけたとしても、二分で片付けられる仕事だろう。


～～～～～～～～～～～～～～


それから。

一年生の教室にいるテロリストたちを順調に排除した俺は、残りのテロリストを制圧するための探索を続けることにした。

ふむ。残る敵の数は五十人か。

ここまでは順調なペースで敵を無力化することに成功している。

その男と出会ったのは、残り半分の敵を一掃《いっそう》しようとした時のことであった。

「ふふふ。会いたかったよ。アルス・ウィルザード」

「お前は……」

この男、見覚えがあるな。

名前はたしか、エドワード・クリューゲルといったか。

美術の授業で絡んできた高位の貴族である。

「お前に負けてからボクの人生は散々だったよ。知っているか？　体の傷は癒《い》やすことはできても、心の傷は癒やすことはできないんだ」

はあ。俺に美術の課題で負けたことを根に持っているのか。

相変わらずに貴族たちのプライドの高さは、俺の想定を軽々と超えてくるものがある。

「だから早い話、この心の傷を癒やすため、キミには死んでもらうことにした」

とても正気の発言とは思えないな。

絵の勝負で負けたのであれば、同じ絵の勝負で勝たないと意味がないだろう。

思考が支離滅裂《しりめつれつ》で、理解が追いつかないぞ。

だがしかし。

一つだけ、納得のいった部分がある。

学園の警備が薄くなったタイミングを狙われたことから怪しいと思っていたのだ。

今回の事件は、学園側に内通者がいる可能性が高いと踏んでいた。

おそらく、この男がテロリストたちに情報を流していたのだろう。

「さあ！　殺《や》れ！　お前たち！」

「「「ハッ！」」」

エドワードが指示を飛ばした次の瞬間。

テロリストの大群たちが大挙して押し寄せてくる。

ふむ。やけに数が多いな。

出入口を警護していたテロリストたちが、一斉に俺を追ってでてきたようだ。

「ふふふ。逃げ道はないぞ」

背後からも敵の気配がするな。

振り返ってみると、前方にいるテロリストたちと同数の敵が背後からも現れる。

「観念しろ！　アルス・ウィルザード！　貴様は完全に包囲されているぞ！」

飛んで火に入る夏の虫とは、このことだな。

俺としては、手間が省《はぶ》けて、願ったり叶ったりの展開である。

まさか敵の方から俺に会いに来てくれるとは思わなかった。

「ハハハハハハ！　ボクに喧嘩《けんか》を売った大罪、悔《く》い改めるといい！」

指揮を執《と》っているエドワードが不敵に笑った次の瞬間。

テロリストたちは、それぞれ、近接用の武器を取り出した。

ふむ。

銃を持ち出してこないあたり、敵も場慣れはしているようだな。

この状況では、相打ちになる可能性が高いと踏んだのだろう。

「なっ――!?　消えた――!?」

別に消えたわけではない。

少し速く動いただけである。

素早く移動をした俺は、近くにあった消火器を蹴飛ばしてやることにした。


フシュウウウ！

瞬間、消火器は中身を炸裂《さくれつ》させて白煙に包まれた。


「うぐっ……。なんだ……。これは……」

「前が……。前が見えん……」

この幅の狭い廊下《ろうか》で、更に視界まで悪くなると数の優位を活《い》かしにくくなるのだ。


「何をやっている！　敵は一人だぞ！」

エドワードの怒号は、パニックに陥《おちい》る手下たちの声によって消されることになった。

集団戦を攻略する上で重要なのは、敵の一掃を考えることではない。

いかに集団を切り離して、一対一の状況に持ち込めるかである。

「うぎゃっ」「ぐほっ」「がはっ」

俺は白煙の中で、混乱状態に陥っているテロリストたちを次々に薙《な》ぎ倒していく。

「クソッ！　換気だ！　窓を開けるぞ！」

ふむ。どうやら敵も対策を取ってきたようだな。
エドワードの指示によって、敵の混乱は収まりかけている。
であれば、次の手を打つまでだ。

「おい。ターゲットは何処《どこ》に消えた！」
「あそこだ！　あの部屋に逃げたぞ！」

敵が混乱している最中、俺が移動した先は、近くにあった『化学実験室』であった。
この部屋は、戦闘に使えそうな道具が多そうだからな。
利用できるものは、全て利用させてもらうことにしよう。

「ふふふ。この部屋の中にいるのは分かっているぞ」

「バカめ。ネズミが袋の中に入っていきやがった」

勝利を確信したテロリストの一人が『化学実験室』の扉を開く。

異変が起きたのは、その直後のことであった。


「ぎゃっ！」


鈍器《どんき》で殴《なぐ》ったような音が鳴り、テロリストの悲鳴が上がる。

最初に扉を開いたテロリストの男は、無残に倒れることになった。

「おいおい。なんだ……これは……!?」

「一体、何が起きていやがる……!?」

なんてことはない。

種明かしをすれば、単純な黒板ケシのトラップだ。

扉を開いた瞬間、黒板ケシが落下するように細工《さいく》してある。

ただし、付与魔法を使用して質量を極限まで増加させているのだけれどな。

単なる黒板ケシのトラップだが、数百キロの鉄塊が落ちたかのような威力を出すことができるのだ。

「ハッ……。ビビることはねえ！　ターゲットは目の前じゃねぇか！」

「そうだ。囲っちまえば、オレたちが負けるはずないだろう！」

黒板ケシのトラップは、単発の攻撃しかできないと考えたのだろう。

俺の姿を見つけたテロリストたちが襲い掛かってくる。


「「あぎゃっ!?」」


無論、俺が仕掛けたのは、黒板ケシのトラップだけには留まらない。

部屋の中には、ステンレスのワイヤーを仕掛けさせてもらった。

無論、こちらも単なるワイヤートラップというわけではない。

付与魔法で相手を殺さない程度に『切れ味』を強化している。

今の俺に近付いてくるのは、無数の刃の中に飛び込んでくるのと同義である。

「チッ……。どいつもこいつも……。もういい！　後は、ボクが殺《や》る！」

ふむ。どうやら敵の総大将のお出ましだ。
この男、以前に会った時と比べて、雰囲気《ふんいき》が少し変わっているようだな。
何かしら奥の手を隠し持っていると考えた方が良さそうだ。

「はあああああああああ！」

エドワードが叫んだ次の瞬間、異変が起こった。

メキッ！

メキメキメキッ！

エドワードが異形《いぎょう》のものに変わっていく。
エドワードの肉体は急速に変化して、魔獣と人間が混ざったかのような姿に形を変えていく。
「クケケケ。見ろおおおおお！　ボクが授かった力だ。お前を八つ裂きにするために進化を遂《と》げたのだよ！」

最終的に現れたのは、カニと人間が混ざったような見た目をした怪物であった。

「ほらほら！　こんなもの！　こうしてくれる！」

カニの怪物になったエドワードは、俺の張り巡らせたワイヤートラップを切断していく。

不憫《ふびん》なやつだ。

たしかに、その体を使えば、ワイヤーを断ち切ることができるかもしれないが……。

大切にしていた筆を持つことはできないだろう。

「ハハハ！　残念だったな！　無意味なんだよ！　お前の張ったトラップは！」

果たしてそれはどうだろうな。

敵がトラップを破壊してくるのは、想定していたことである。

「…………!?」

どうやら『例のトラップ』は破壊したようだな。

このトラップは、他のトラップと比べて、仕組みが少し違っている。

具体的には破壊した瞬間、近くにいた人間を自動で攻撃することになっているのだ。

「こ、これはッ――!?」

トラップが破壊されたことによって、事前に設置されていた鉛筆がロケットのように発射される。

魔力で強化した特別な鉛筆だ。

当たれば、人間の一人くらい訳なく吹き飛ばすことができるだろう。

異変が起こったのは、鉛筆のロケットがエドワードに直撃した後のことであった。


キンキンキンキンッ！


ふむ。少し驚いたな。

魔力で強化した鉛筆のロケットを皮だけで弾き返したか。

驚くほどに堅いな。

甲殻類《こうかくるい》の殻《から》の堅さを得たことによって、俺のトラップを完全に防いだようである。

「フフフ！　フハハハハ！　確信した。やはりボクは無敵だ！　この力があれば、誰にも負けないぞ！」

今の攻撃を凌《しの》いで、自信を得たのだろう。

高笑いをしたエドワードは、更に増長しているようだった。

「どうしたぁ。お得意の罠《わな》が封じられて、万策尽きたか？　お前の手は全て見切っているんだよ！」

果たしてそれはどうだろうな。

たしかに少し想定外はあったが、依然として、俺の有利は変わらない。

「おい！　ここから先は、慎重にいくぞ！　各自、トラップを警戒しろ！　我々は有利な立場にあるのだ！」

「「「ハッ！」」」

やれやれ。見当違いも甚《はなは》だしいな。

まったく、逆なのだ。

この部屋に入ってきた時点で、時間をかけて勝負することは不可能なのである。

「うがっ……。なんだよ……。これは……」

「グハッ……。息が苦しい……」

ふむ。ようやく効いてきたようだな。

これが俺の仕掛けた最後のトラップである。

化学実験室にあった毒物を独自に調合させてもらった。

俺が作ったオリジナルの毒ガスである。

「おい！　どうした！　お前たち！　何をボサッとしている！　敵は目の前だぞ！」

目の前で何が起きているか分からず、エドワードは動揺《どうよう》しているようだった。

「グフッ!?」

遅れて、エドワードにも毒が回ってきたようである。

ふむ。

体は頑丈でも毒に対する耐性は、人間と大きく変わることはないようだな。

この場にいる人間の中で自由に動くことができるのは、毒に対して耐性のある俺くらいのものだろう。

「グッ……。貴様……。一体、ボクの体に何をした……？」

なんてことはない。
即効性のある毒を盛っただけである。
この毒の効果は、ガスを取り込んだ人間の体を麻痺《まひ》させることにある。
殺傷能力を極限まで抑えているので、まあ、大事には至らないだろう。

「アガッ……。アガガガ……ッ！」

大量の毒ガスを吸い込んだエドワードは、床の上を転がり回る。
やがて、意識を失ったエドワードは、カニらしくブクブクと泡《あわ》を吹いて気絶した。

「実験終了。Q.E.Dだ」

俺としたことが、少し時間をかけすぎたか。

邪魔が入ったせいで、当初の予定である二分から大幅に時間をオーバーしてしまったな。

毒ガスでテロリストたちを無力化した俺は、静かに教室を立ち去るのであった。


～～～～～～～～～～～～～～


それから。

学園に蔓延《はびこ》っていたテロリストたちを蹴散《けち》らした俺は、元いた教室に戻ることにした。

探知魔法に引っかかっていた九十九人の敵を無力化しておいたが、油断することはできない。

この魔法は新しく現れる敵までは探知できるわけではないからな。


「アルスくん！」


教室に戻ろうとした矢先、見知った人物に声をかけられる。

レナか。ルウも一緒みたいだな。

次にレナの取った行動は俺にとって、少し想定外のものであった。


「むっ」

何を思ったのかレナは、勢い良く俺の体に抱き着いてきたのである。

「ワタシ、不安でした。アルスくんの身に何かあったらと思うと……」

俺の体を抱きしめるレナの体が小刻みに震えているのが分かった。

やれやれ。

この俺がテロリストたちに後れを取るはずがないだろうに。

随分《ずいぶん》と俺も過小評価されたものである。

「むう。レナだけは、ズルいよ。私も、えいっ」

続いて、背後から、ルウが抱き着いてくる。

レナと違って、ルウは別に震えているわけではない。

最初から俺の勝利を微塵《みじん》も疑っていないようである。

では、何故、俺に抱き着いてくるのか？　という部分で別の疑問が浮かび上がってくるのだが、今は触れないでおくことにしよう。

「あの、聞きたいことがあるのですけど……。良いでしょうか？」

落ち着いたタイミングでレナは、少し言い出しづらそうに言葉を続ける。

「もしかして、あそこで倒れている人たちは全員、アルスくんが倒してしまったのですか？」

隣の教室で、山積みとなっている気絶したテロリストたちを目の当《ま》たりにしたレナは、疑問の言葉を口にする。

「ああ。学園に潜入したテロリストなら俺が全員、始末しておいた。少し手間取ってはしまったけどな。それがどうかしたか？」

「「…………」」

何故だろう。

ありのままに事実を伝えてやると、二人は心なしか呆《あき》れたような表情を浮かべているようだった。

「どうかしたか、ですか」

「いつものことだけど……。アルスくんは、もっと自分の凄《すご》さを自覚した方が良いと思うよ」

はてな。

何を言われているのか、よく分からないな。


「…………!?」


俺が違和感を覚えたのは、そんな会話をした直後のことであった。

ふむ。視られているな。

明確な殺気の籠《こ》もった視線を感じる。

この気配、校舎の外からか。


「いや。すまない。今の発言には少し語弊《ごへい》があったようだ」


全員始末した、というのは言い過ぎだったな。

一人だけ残っていたか。

俺の探知魔法に引っかからなかったということは、少し離れた場所で戦闘の様子を窺《うかが》っていた、ということなのだろうな。

この学園に残っていた『百人目の刺客《しかく》』である。

「伏せろ。二人とも」

二人の反応速度では、この危機に対応するのは難しいかもしれないな。
そう判断した俺は二人の体を無理やり、廊下《ろうか》の上に押し倒した。

ガシャアアン！

突如として廊下の窓ガラスが割れて、異形の侵入者が現れる。

「クキキキ。貴様、アルス・ウィルザードだな」

その『怪物』は、人と呼ぶには、あまりに異形《いぎょう》の存在であった。
人としての原形を残しながらも、全体的に昆虫の『蠅《はえ》』に近い姿をしている。
背中からは半透明の羽が生えて、目玉は大きく隆起したものになっていた。

「お前に敗れて、監獄《かんごく》の中で過ごした屈辱《くつじょく》の日々は、片時も忘れなかったぜ」

はて。なんのことを言われているのか分からないな。

流石《さすが》の俺もこんな怪物の知り合いはいないはずなのだけれどな。

「おいおい。忘れたとは言わせねえぞ？　オレは『梅《ばい》』よ。少しばかり外見は変わっているけどな」

ふむ。言われてみれば、たしかに何処《どこ》かで見たような風貌《ふうぼう》だな。

なるほど。思い出した。

この男、エレベーターで俺たちを暗殺しようとしてきた異国の魔法師か。

「どうだい。生まれ変わったオレの力は！　我らが『神』より力を授かり、この神々《こうごう》しい姿に変えて頂いたのだ」

神々しいというのは、些《いささ》か自己評価が過大なような気がするな。

俺から言わせれば、小汚い昆虫にしか見えないところではある。

「さあ。目に焼き付けろよ！　オレのスピード！　もっとも、眼で追うことができたならの話だけれどな。ギャハハハ！」

そんな台詞《せりふ》を口にした梅は、校舎の廊下を縦横無尽《じゅうおうむじん》に飛び回る。

シュオン！　シュババババババババババババババババババババ！

ふむ。大口を叩くだけあって、大したスピードだな。

単純な速度だけで考えると、最上位クラスのものがあるだろうな。

「な、なんというスピードでしょうか……」

「こんなの、人間の力じゃない……。速すぎるよ……」

蝿となった梅の力を前にして、レナとルウは途方に暮れているようだ。

ふむ。たしかに二人が驚くだけのことはある。

今回の敵は、『スピードだけ』で言うと、過去に戦ってきた敵たちの中でも最強レベルのものであった。

「ギャハハハ！　どうした！　アルス・ウィルザード！　オレ様のスピードの前に手も足も出

ないか！」

調子に乗った梅は、俺に向かって攻撃を仕掛けてくる。

自慢のスピードを活《い》かしたフェイントを織《お》り交ぜた攻撃である。

「ハッ！　その首、もらったぞ！」

俺に接近した梅は、勝利を確信したかのような笑みを浮かべていた。

やれやれ。

この程度のスピードで、俺を圧倒した気になっているのは滑稽《こっけい》だな。

「なっ——!?　消えたっ——!?」

別に消えたわけではない。

相手よりも速いスピードで移動をしただけである。

「五月蝿《うるさ》い」

敵の攻撃を躱《かわ》した後、俺はすかさずカウンターの一撃を与えてやることにした。

「ごふぅ⁉」

俺の拳は梅の顔面にめり込んだ。

ふむ。咄嗟《とっさ》に後ろに飛んで致命傷は回避したか。

伊達《だて》にスピード自慢は名乗っていないようだな。

「ぎゃばっ」

だが、大ダメージを与えたことには違いないようだ。

攻撃を受けた梅は、廊下の上を転がる。

廊下には、折れた敵の奥歯が幾つか落ちていた。

「な、何故だ……。オレ様のスピードは最速だったはずなのに……」

理由は明確だ。

多少は素早く動けたところで、小虫が鷹《おれ》に勝てるはずがないだろう。

生物としての『格』が違うのだ。

「来いよ。叩きのめしてやる」

よくよく考えてみると、蝿の姿をした相手に、直接触れるのは衛生的ではないかもしれないな。

蝿というのは、様々な病気の媒介《ばいかい》となる生物なのだから。

そう判断した俺は、廊下に置かれたロッカーからモップを取り出した。

「クソ！　クソオオオ！」

挑発を受けた梅は、襲い掛かってくる。

ふむ。どうやら先程の攻撃は全力というわけではなかったようだな。

まったくもって、鬱陶《うっとう》しいやつである。

俺は手にしたモップを力一杯、目の前の敵に向かって振り抜くことにした。

ペシャン！

俺の攻撃を受けた梅は、勢い良く壁の中にめり込んだ。

「ガハッ！」


ふむ。蝿に相応《ふさわ》しい惨《みじ》めな最期だな。

相手の骨を粉々にした感触が掌《てのひら》の中に残っている。

これだけのダメージを与えておけば、再起は不能だろう。


「何故だ……。何故……。勝てない……」


たしかに敵のスピードは驚異的であった。

だが、今回に関しては『場所』が悪かった。

強力な飛行能力を持ちながら、自ら室内に飛び込んでくるとは、愚かな奴である。

屋外で勝負を挑んでくれれば、多少は善戦できたと思うのだけれどな。

おそらく、まだ能力に目覚めたばかりで、自分の力の使い方を理解していないのだろうな。


「凄《すご》いよ！　アルスくん！」

「驚きました。これだけの敵を一瞬で……」

俺の戦闘を前にした二人は、そんなコメントを口々に残していた。

さて。

これで合計、百人のテロリストたちを無力化したわけか。

だが、腑《ふ》に落ちないな。

教室を襲った『蜘蛛《くも》』といい、今回、戦った『蠅』といい、異様な力を身につけていた人間が多すぎる。

俺を取り巻く環境に、何かしらの異変が起きていると考えるのが妥当《だとう》だろう。

「ねえ。見て。アレ！」

ルウが窓の外を指さして声高に叫んだ。

むう。これは驚いたな。

この世のものとは思えない奇妙な光景であった。

そこにいたのは巨大な蛇であった。

突如として現れた大蛇は、《神聖なる王城《セイント・キャッスル》》の一角でとぐろを巻いている。

やれやれ。

いつから、この街は『化物』たちが出現するようになったのだろうか。

平和な時代が聞いて呆《あき》れるな。


「大丈夫か！　キミたち！」


外の景色を呆然《ぼうぜん》と眺めていると、見ず知らずの人間に声をかけられる。

この風貌《ふうぼう》、騎士団に所属する人間のようだな。

普段は俺と対立することの多い組織ではあるが、今日は特に敵意を向けられているわけではないようだ。


「もう大丈夫だ。政府から緊急の避難勧告が出されている。今から我々騎士団が、責任を持って避難所に誘導しよう」


ふむ。目から鱗《うろこ》とは、このことだな。

本来、俺たち学生は『保護される立場』にあるというわけか。

間違っても『普通の学生』は、テロリストを相手に単身で挑んだりしないのだろう。

「どうしましょう。アルスくん」

隣にいるレナが不安気な様子で訊ねてくる。

さてさて。どうしたものか。

学園内のテロリストたちは対処することができたが、外の問題を片づけないことには、本質的な解決にはならないだろうな。

『金輪際《こんりんざい》、人殺しは禁止だ。汚れ仕事は、オレたちプロに任せておけばいい。アルは可能な限り『普通の学生』としての生活を心がけてくれ』

その時、俺の脳裏《のうり》を過《よぎ》ったのは、いつの日か親父《おやじ》から送られた言葉であった。

ふうむ。ここは素直に親父の忠告に従っておくことにするか。

ここで俺が出るのは、俺の目指している『普通の学生』からは、遠ざかる行動のような気がする。

何かの間違いで人間を殺《あや》めることがあっては、親父との約束を違《たが》えてしまうことになるだろうからな。

「大人しく騎士団員様の指示に従うとしよう。俺たちは所詮《しょせん》、善良な一般市民に過ぎないからな」


思い返してみれば、俺は今まで『自分の力』というやつに頼り過ぎていたのかもしれない。

たまには他人の力に頼ってみるのも悪くはない。

《新生・ネームレス》のメンバーは優秀だからな。

今回の事件に関しては、アイツらに任せてみることにしよう。

一 8話 一 それぞれの行動

一方、時刻は王立魔法学園にテロリストたちが侵入した時より、五分ほど遡《さかのぼ》ることになる。

ここは《暗黒都市《バラケノス》》の中心部にある《新生・ネームレス》のアジトである。

元々、この場所は騎士団が使用していた《魔天楼《まてんろう》》が建てられていた場所だったのだが、アルスの活躍によって、爆破されることとなった。

現在は、その跡地に《新生・ネームレス》の拠点が構えられていた。


「おやおや。ネズミたちが動き出したようですね」


その異変に最初に気付いたのは、《新生・ネームレス》の中心人物であるクロウであった。

組織に所属してから日の浅いクロウであったが、持ち前の根回しのよさによって、瞬く間に頭角を現すことになる。

現在は、作戦指令室のリーダーという立場を任されていた。

「モニターを切り替えて下さい。皆さん、仕事の時間ですよ」

クロウの指示を受けて、指令室のモニターが切り替わる。

モニターに映し出されたのは、何処《どこ》からともなく湧き出した巨大な魔獣たちの姿であった。

「室長。これは一体……!?」

目の前に広がる非現実的な光景を受けて、室内のメンバーは唖然《あぜん》とした表情を浮かべていた。

「アッシュ・ランドスター。彼は魔獣を専門とした優れた研究者でした。《逆さの王冠《リバースクラウン》》の残党を率《ひき》いて、反逆を企《たくら》んでいたのは知っていたのですが、ようやく尻尾《しっぽ》を出したみたいですね」

全てが想定通りという風な口調で、クロウは告げる。

「お前、アッシュのことを知っていたのか!?」

「ええ。それが何か」

「何故、今まで泳がしていた？」

クロウに対して問い詰めるのは、クロウより上の立場のジェノスである。

「ふふふ。我々の力を世間に知らしめる。そのためには『手頃な事件』が必要だと思いまして。ジェノスさん。この事件を解決した暁《あかつき》には、貴方《あなた》の仕事も、随分《ずいぶん》とやりやすくなると思いますよ」

「…………」

実のところ、《新生・ネームレス》の存在を快《こころよ》く思っていない人間は、政界に根強く存在している。

近年、急速に勢力を伸ばしている《新生・ネームレス》は、多くの貴族、騎士団の保守層にとって、目障《めざわ》りな存在となっていたのだ。

「勝手な真似《まね》は慎《つつし》め。ここではオレがリーダーだ」

「そうですか。これは失敬《しっけい》。精々、肝《きも》に銘《めい》じておきますよ」

組織にとってクロウは、使い方を誤れば、自らの首を絞《し》めかねない諸刃《もろは》の剣《つるぎ》のような存在であった。

有能であることには疑う余地はないのだが、野心家で上昇志向の強いクロウは、常に何かしら企んでいるのだ。

「この事態、どうやって収拾《しゅうしゅう》をつけるつもりだ」
「まずは、我が隊の精鋭を送り込んで事態の鎮静化を図ります。そして敵のボスには、今まで温めていた『秘密兵器』をぶつけるつもりです」
「なるほど。眠っていたアイツを呼び起こすというわけか」
「ええ。彼の力を試すには、恰好《かっこう》のシチュエーションでしょう」

全ての事態を『想定通り』と考えていたのは、敵勢力だけに留まらない。
慌ただしい雰囲気《ふんいき》の包まれる作戦司令室の中でクロウは、不敵な笑みを浮かべるのであった。

～～～～～～～～～～

一方、その頃。
ここは、王都の中心部である《神聖なる王城《セイント・キャッスル》》の周辺に広がる《王城に続く道《ロイヤルロード》》である。

「おい！　どうなっているんだ！」

「嘘……？　これが現実なの……？」

普段は高位の貴族たちしか立ち入ることのないエリアは、突如として湧き出した魔獣たちによって未曾有《みぞう》のパニックに陥《おちい》っていた。

魔獣たちが《王城に続く道《ロイヤルロード》》の商業施設を破壊するたびに、市民たちの悲鳴が上がる。

「おい！　あそこにいるのって！」

「救援だ！　ようやく助けが来てくれたぞ！」

そこで市民たちは、一縷《いちる》の望みを繋《つな》ぐことになる。

王都の窮地《きゅうち》を救うべく《新生・ネームレス》のメンバーたちが集結していたのだ。

「どらどらどらぁ！　サッジ様のお通りだぁ！」

眼の前の魔獣たちを薙《な》ぎ倒しながら、《王城に続く道《ロイヤルロード》》のド真ん中を走るのはサッジである。

サッジは、持ち前のパワーで立ちはだかる敵たちを次々に殴《なぐ》り倒していく。

「まったく。次から次へと。面倒ですね」

少し、後ろの位置から魔獣たちを斬り伏せていくのはロゼである。

敵の急所を確実に狙った正確な斬撃で、敵を一掃《いっそう》していく。

サッジとロゼ。

アルスが不在となってからは、この二人が組織の最高戦力として躍動するようになっていた。

「よお。久しぶりだな。兄ちゃん」

さて。サッジとロゼが順調に魔獣たちを薙ぎ倒していくと、二人の前に大柄の男が立ちはだかった。

「んあ……。お前は……!?」

その男の姿には確かに見覚えがあった。

以前に夜の《暗黒都市《パラケノス》》で絡んできた『竹《ちく》』という男だ。

けれども、腑《ふ》に落ちない。

アルスとの決闘に敗北してからというもの、竹は騎士団の施設に収容されているはずだった。

「あの時の卑怯者《ひきょうもの》だな！」

目の前の相手を『敵』と認識してからのサッジの行動は素早かった。

怒りを爆発させたイノシシのように、敵に向かって突撃していく。

「ぐおっ！」

サッジの突進を受けた竹は、表情を歪めた。

体格の不利をものともせずに竹の体は、ジリジリと後退を強《し》いられる。

「グフッ……。おいおい。なんていうパワーだよ」

真っ向勝負では、到底勝てるはずもない。

竹にできるのは、サッジの攻撃をかろうじて受け流すことだけであった。

「テメェ！　一体、どうしてここにいやがる！」

「まあ、そう急《せ》くなよ。少しはオレの話も聞いてくれや」

自嘲《じちょう》的な態度で竹は、淡々と続ける。

「お前たちに関わってからというもの散々だったぜ。戦士としてのオレのプライドはズタボロよ。ムショの中のメシは臭《くせ》えしよ。おかげで体重が三キロも落ちちまったぜ」

でっぷりとした腹を揺らしながら竹は告げる。

どうやら元々、百キロを超える巨体を誇る竹にとって三キロの変化は、誤差であったらしい。

「だが、災《わざわ》い転じて福となす、ということかな。今となっては、お前たちには感謝をしているんだぜ。なんといってもオレ様は、神から力を授けてもらったんだからよ」

不利な状況に立たされているにもかかわらず、竹は余裕の態度を崩そうとはしなかった。

「ハッ！　オッサン！　何を寝ぼけたことを言っているんだ！　お前はオレに轢《ひ》き殺される運命だぜ！」

高らかに吠えたサッジは、竹に向かって突進を繰り返す。

先程の攻撃よりも、更に勢いをつけた攻撃である。

まともに受ければ、骨が砕けるほどの破壊力だ。

ポヨンッ！　と。

サッジは、突如として柔らかくて巨大な物体にぶつかることになった。

「んなっ――!?　なんじゃこりゃ――!?」

想定外の事態を前にしたサッジは、その場に呆然《ぼうぜん》と立ち尽くした。
目の前に現れたのは、巨大なカエルの形をした魔獣であった。

「どうだ。これがオレ様の真の力よ」

カエルの姿に変わった竹は、低い声で自信に満ちた声を漏《も》らす。

「ハンッ！　少し大きくなったくらいで調子に乗るなよ！　オッサン！　ペシャンコにしてやらぁ！」

状況が大きく変わったのは、サッジが大きく跳躍して、踏みつけ攻撃を繰り出そうとした直後のことであった。

パクリッ、と。

カエルの魔獣は素早く動く舌を使って、サッジの体を丸呑《まるの》みにする。

「お、おい！　鳥頭《とりあたま》！　大丈夫か！」

「……………」

慌てて声をかけるロゼであったが、サッジからの反応はなかった。

完全に丸呑みにされており、とても返事ができそうにない状況である。

「不味《まず》いなぁ。予想はしていたが、骨ばっていて食えたものじゃねえぞ。あと、少し、臭いぜ」

竹はモグモグと口を動かした後、ゴクリと喉《のど》を鳴らす。

「ぶははは。銀髪。さっきのバカと違って、お前は旨《うま》そうだな」

ペロリと舌を舐《な》めずりながらカエルの化物は笑う。
即座に反撃に転じたい気持ちは山々だが、あと一歩のところで決断ができない。
どうしてもロゼには積極的に出られない理由があった。

（グッ……。まずい……。ダメなんだ……。カエルだけは……）

何故ならば――。
幼い頃よりロゼは、病的なまでにヌメヌメとした生物が苦手だったからだ。

〜〜〜〜〜〜〜〜〜〜〜〜

きっかけは、今より数年前にまで遡《さかのぼ》ることになる。
当時、ロゼが七歳の頃のことだ。
幼少期の頃、裕福な貴族の家庭に生まれたロゼは、両親と飼い猫と暮らしていた。

「ふふふ。たくさん、お食べ。ジョセフィーヌ」
ジョセフィーヌとは、当時、ロゼが可愛《かわい》がっていた飼い猫の名前である。

広大な広さを誇る敷地の中で放し飼いにされたジョセフィーヌは、ロゼと共にスクスクと成長していた。

「にゃ～」

とある日のこと。
猫の声で目を覚ましたロゼは、目を覚ます。

「あれ……。ボクは寝ちゃっていたのか……」

意識が落ちるまでの記憶を辿《たど》ってみるが、思い起こすことができない。
どうやらロゼは庭で、ひなたぼっこしている最中に寝落ちをしてしまったらしかった。

ピタリッ。

不意に生暖かい感触がロゼの頬《ほお》を撫《な》でる。
目の前の物体がカエルの死骸《しがい》であることに気付くまでには暫《しばら》くの時間を要した。

「んにゃ〜」

カエルの死骸を咥《くわ》えてきたジョセフィーヌは、得意気な表情を浮かべていた。

古来より伝わる猫の本能だ。

人間たちに飼われるようになってから暫く経つが、元々の肉食動物としての狩猟本能が消えたわけではない。

猫にとって狩りで仕留めた獲物を主人に渡すのは、最大の敬意を表すものであるとも言えた。

「あわ……。あわわわ……」

無論、幼いロゼにとって猫の習性は知る由《よし》もないことである。

この事件以降、ロゼはカエル、及び、それに近いヌメヌメとした生物を生理的に受け付けなくなっていたのである。

〜〜〜〜〜〜〜〜〜〜〜〜〜〜〜〜〜〜〜

以上が、ロゼがカエルに苦手意識を持つまでの顚末《てんまつ》である。

実力的に劣っているとは思えないのだが、相性は最悪の相手であるといえた。

「さぁ。お前はどうやって食べてやろうかなぁ」

皮膚《ひふ》から粘着質な体液を噴出させながら竹は笑う。

「ウグッ……」

その生理的な嫌悪感を煽《あお》る外見を前にして、ロゼはジリジリと後退を迫られた。

異変が起きたのは、その時であった。

「おごっ！」

不意にカエルになった竹の悲鳴が上がる。

「あがががががっ！」

まるで竹の体内で地震が起きているかのようだ。

激しい振動に包まれた竹は絶叫して、背中のあたりが焼いた餅《もち》のように膨《ふく》れ上がった。

「どらどらどらぁ！　とっととオレを出しやがれ！」

敵の体内から聞き覚えのある声がした。

その男は、体の内側から凄《すさ》まじいスピードでパンチを繰り出して、脱出を図っていたのだ。

ビシャンッ！

やがて、カエルの背中を破り、中から一人の男が現れた。

「ふう。危ないところだったぜぇ」

その男サッジは、粘液と血液にまみれながらも生還した。

「アガァ……。バ、バカな……」

想定外の攻撃に致命傷を負った竹は、絶望的な表情を浮かべていた。

「オレ様の……。『鋼《はがね》の胃袋』が破られたというのか……⁉」

やがて、最後の言葉を残した竹は、そのまま白目を剝《む》いて気絶した。
事実、あらゆる物体を消化することが可能な竹の胃袋は、驚異の弾力と耐久性を誇っていた。
竹にとって予想外だったのは、サッジの桁外《けたはず》れのパワーだ。
この男、単純な腕力だけであれば、アルスにすら劣らない力を秘めている。
それこそが組織から〈猛牛《バッファロー》〉の異名を与えられた理由であったのだ。

「……初めて見ました。鳥頭が、まともに働いているところ」

普段の立ち振る舞いから忘れがちではあるが、サッジは組織に才能を見出《みいだ》されて、アルスの相棒に抜擢《ばってき》された男なのだった。

「おーい。大丈夫だったか。ロゼっち」
「ちょっ！　汚い体でボクに近づかないでください！」

こうしてロゼとサッジの若手コンビは、破竹の勢いで、宿敵『竹』を打ち破ることに成功するのだった。

～～～～～～～～～～～～～～～～～～～～～


一方、サッジとロゼが『竹』と出会うのと同時刻。

別の場所で、新しい戦闘が勃発《ぼっぱつ》しようとしていた。

「ふふふ。最高の気分ですよ。天より与えられし幸運によって、ワタシは神にも等しい力を得ることができたのですから」

ここは王都の中心地に聳《そび》え立つ《神聖なる王城《セイント・キャッスル》》である。

国のシンボルである建物の付近に一匹の大蛇が出現していた。

「さぁて。食事《ディナー》の時間といきましょうか」

大蛇の正体は、異国の暗殺者集団のリーダーを務めていた『松《しょう》』であった。

アッシュから異能の力を授かった松は、己の体を大蛇の魔獣に変化させる力を身につけていたのである。

「ひぃ！　化物だっ！」

「なんなんだ！　コイツ！　どこから湧いて出やがった⁉」

突如として出現した怪物を前にして、城の中にいた貴族たちは、パニックに陥《おちい》っていた。


〜〜〜〜〜〜〜〜〜〜〜〜〜〜〜


一方、場所は変わって、ここは《暗黒都市《パラケノス》》の郊外に建てられた《新生・ネームレス》のアジトである。

王都に訪れた危機を救うべく、今、一人の男が出陣の準備を進めていた。

「キシャシャシャ！　戦場に行くのはいつ以来だぁ！」

男の名前は不死身のジャックといった。

元々は《逆さの王冠《リバースクラウン》》に所属していていた戦闘員であったが、組織の解散後、《新生・ネームレス》に期待の新戦力として加入することになっていた。

何を隠そう作戦指令室でクロウが語っていた『秘密兵器』とは、不死身のジャックのことだったのである。

「た、隊長……。本当にやるつもりですか……？」

ジャックの隣にいた女隊員は困惑していた。

何故ならば、復活したばかりのジャックは、どういうわけか、アジトに設置された大砲の中に、自ら入っていたからである。

「ああ。構わねえよ。早く撃ってくれ！」

大砲の向いている先は、今まさに戦火が立ち上ろうとしている《神聖なる王城《セイント・キャッスル》》であった。

「もう！　どうなっても知りませんからね！」

葛藤《かっとう》を抱えながらも女隊員はスイッチを押す。

ドガンッ！　という火薬音と共に部屋の中は、激しく振動した。

「ヒャハハハ！　パーティーの時間だぜぇ！」

高らかな笑い声と共に、ジャックの肉体が大砲から射出される。
この時点で肉体は丸焦げになっていたのだが、不死身という異名を持ち、並外れた再生能力を持ったジャックにとっては、大砲の衝撃に耐えることは、造作《ぞうさ》もないことである。
自ら砲弾となって現地に行くことが、彼にとって最速の移動手段となっていたのだった。

～～～～～～～～～～～～～

大砲から撃ち出されたジャックは、超スピードで『松』の元に飛んでいく。
常人であれば、手足がもがれる程の空気抵抗であるが、彼にとっては、そよ風に撫《な》でられるようなものだった。

「くらえやああああああああああああああああああああああ！」

ジャックの攻撃。
大砲から打ち出された勢いをそのままに、渾身《こんしん》の頭突きを浴びせにかかる。

「ぐふっ⁉」

想定外の方向から攻撃を受けた松は、鈍い声を上げた。

だが、ダメージは長く続かない。

並外れた耐久力を持っていたのは、敵も同じだったのである。

「はぁ……。なんですか。この小さい生物は」

松は呆《あき》れていた。

一瞬、どんな強敵が現れたのかと思いきや、目の前に現れたのは、身長一七〇センチにも満たない小柄な男だったからだ。

「うるせぇ。でかぶつ。高い場所から、見下ろしているんじゃねえぞ」

「これは失敬《しっけい》。あまりに小さいので蚊に刺されたのかと思っていましたよ」

互いの戦闘能力を感じ取った二人は、一触即発《いっしょくそくはつ》の空気に包まれた。

「遅いぞ！　今まで何をやっていたんだ！」

真剣勝負の空気に水を差したのは、今まで恐怖に駆られて逃げ回っていた貴族たちであった。

助けが入ったにもかかわらず、城の中にいた貴族たちは、腹を立てている様子であった。

「公安は無能なのか！　あと少しで、我々は、そこにいる化物に殺されるところだったのだぞ！」

「まったく。我々がなんのために高額の税金を支払っていると思っているんだ！」

「…………」

傲慢《ごうまん》な貴族たちの態度を前にしたジャックの視線は、氷のように冷ややかなものであった。

「黙れ」

次にジャックの取った行動は、その場にいた人間たちを唖然《あぜん》とさせるものであった。

何を思ったのかジャックは、近づいてくる貴族たちを殴《なぐ》り倒したのである。

「オレはなぁ！　お前らみたいな貴族がでぇ嫌いなんだよ！」

「ひぃっ」

予想外の攻撃を受けた貴族たちは、恐怖で完全に委縮《いしゅく》した。

「お前はなんだ？　ここにいる人間たちを助けに来たのではないのか？」

松は困惑していた。
貴族に対する暴力は国を問わず、禁忌《きんき》のものとされていたからだ。
果して目の前の男の目的が何処《どこ》にあるのか――。
その真意を計りかねていたのである。

「はぁ？　何を勘違いしているんだ？　オレはなぁ、こんな阿呆《あほう》どもを助けにきたんじゃねえよ」

静かに息を吐きながらジャックは続ける。

「暴れに来たんだぜ」

その台詞《せりふ》が戦闘開始の合図となった。
ジャックは今まで温存していた『奥の手』となる魔法を発動する。

「禁術発動――《絶影・氷装空斬》！」

ジャックの《絶影・氷装空斬》は、氷の鎧《よろい》と氷の剣を装備する魔法だ。

常人であれば、低温火傷《やけど》を避けられない魔法であるが、『不死』の異能を持つことで、デメリットをカバーしている。

ジャックは氷の靴《くつ》で、地面を滑りながら、敵に向かって猛スピードで接近する。

「ふんっ」

松はジャックの攻撃を寸前のタイミングで回避すると、尻尾《しっぽ》を使ったカウンターの一撃を浴びせにかかる。

「うぐっ――!?」

直撃はしたが、ジャックにとっては大きなダメージにはならなかった。

氷の鎧で、敵からのダメージを軽減することに成功していたのだ。

「おらぁっ！」

続いてジャックは、氷の剣で反撃に移る。

ジャックの《絶影・氷装空斬》は、攻撃と防御が一体となった魔法なのだ。


〜〜〜〜〜〜〜〜〜〜〜〜〜〜〜


そこから先は、両者一歩も引かない攻防が続いていた。

強靭《きょうじん》な蛇の鱗《うろこ》を持った松は、敵の攻撃を受けても、まるでダメージを負った様子がない。

対するジャックも、また、堅牢《けんろう》な氷の鎧と驚異的な再生能力によって、全てのダメージを相殺《そうさい》することに成功していた。

「バカッ！　そこにあるのは、歴代国王たちの石像だぞ！」

「なんということだ。我が国の貴重な宝が……」

二人に共通していたのは、共に《神聖なる王城《セイント・キャッスル》》に対する敬意がまるでないということであった。

戦闘が長引くほどに建物の中に保管されていた貴重な品々は破壊されて、阿鼻《あび》叫喚《きょうかん》の巷《ちまた》と化していた。

「ハッ。このままじゃあ、埒《らち》が明かねぇなぁ」

敵の強靭な鱗を突破するには、相当な時間が必要になりそうだ。

かといって、あまり時間をかけていれば、『別の隊員』に手柄を横取りされることになるかもしれない。

「ふふふ。どうしました。息が上がっていますよ。もう少し骨のある人だと思っていたのですけどねえ。ワタシはまだ『奥の手』を出していないのですよ」

互角《ごかく》の勝負にもかかわらず、松は冷静であった。

それというのも松は、自らの手の内を隠したまま交戦していたからだ。

切り札である『毒液』を使用すれば、いかに敵が不死身の肉体を持っていても関係がない。

この時、松はそんな風に考えていたのである。

「なんだぁ。骨がねえのは、テメェだろうが。ウネウネと気持ち悪い動きをしやがって」

「…………」

何処までも自分のペースを崩さないジャックの態度は、松の神経を逆なでするものであった。

「良いでしょう。であれば、消えなさい」

大きく口を開いた松は、攻撃を再開する。

異変が起きたのは、その直後のことであった。

「…………!?」

不意に異物が喉《のど》を通る感覚があった。

何を思ったのか、ジャックは、自ら敵の口の中に飛び込んでいったのである。

一瞬、焦りはしたものの、松は不敵な笑みを浮かべる。

「ふふふ。貴方《あなた》の狙いは分かりましたよ」

即座に敵の狙いに気付いた松は、腹の中に飛び込んだ敵に向かって声をかける。

「頑丈な皮膚《ひふ》を避けて、内部からの破壊を企《たくら》んでいるのでしょう。ですが、残念でした。失敬《しっけい》。

紹介が遅れてしまいましたね。ワタシの奥の手は、どんな物体であろうとも一瞬で溶かすことができる『毒液』を持っているのですよ。これで貴方の敗北は確定しました」

松の胃液は、毒液として敵に攻撃することが可能な特別なものである。吐き出して攻撃に使用することは可能であったが、チャンスが訪れるまで手の内は明かしたくはなかった。

今の今まで確実に仕留められる機会を窺《うかが》っていたのである。

敵が口内に飛び込んでくれるのであれば、こんなに楽なことはないだろう。

「食らいなさい！　毒液砲《ヴェノム・バスター》！」

高らかに叫んだ松は、最大量の毒液を体内で精製する。

本来、この技は、口から毒液の砲弾を発射するものであったが、敵が体内にいる以上、『発射』の必要はないだろう。

この時、松は自らの勝利を確信して疑っていなかった。

「うぐっ⁉」

刹那《せつな》、松の体に激痛が走り、表情が苦痛に歪んでいく。

飲み込んだはずの敵が体内で暴れていることは直ぐに分かった。

だが、腑《ふ》に落ちない。

大量の毒液の中に晒《さら》されたはずの敵は、ダメージを負うどころか、益々と元気になって勢い付いているようであった。

「バカな……。ワタシの毒液が効かないだと……!?」

体の内側がズタズタに引き裂かれている感覚があった。

体内に侵入したジャックは意気揚々《いきようよう》と、胃を引き裂いて、脳みそをグチャグチャにかき混ぜていく。

「クッ……。こんなはずでは……。こんなところでえええええええええええええええええええええええええええええええええええええええ」

松の断末魔《だんまつま》の叫びが城の中に響き渡る。

直後、頭蓋骨《ずがいこつ》を突き破り、血まみれになった一人の男が現れる。

全身に毒液を浴びたジャックの肉体は、見るも無残な状態になっていた。

「体が溶けたくらいじゃあ、オレは死なないぜ。アイツの攻撃は、こんな温《ぬる》いものじゃなかったからなぁ！　キシャシャシャ！」

その時、ジャックの脳裏《のうり》に過《よぎ》っていたのは、圧倒的な戦闘能力を見せたアルスの姿であった。

三度目の戦いで、リベンジを果たすまでは、誰にも倒されるわけにはいかない。

その思いだけが、彼にとっての原動力となっていたのである。

〜〜〜〜〜〜〜〜〜〜〜〜〜〜〜〜〜

一方、その頃。

王都の上空で竹と松の三人の敗北を見届ける男がいた。

「まったく、期待していたボクが愚かだった、ということだね。力を与えたところで、所詮《しょせん》、三流は三流。雑魚《ざこ》に餌《えさ》を与えても、龍になることはないということか」

男の名前は、アッシュ・ランドスター。

彼の背中からは漆黒《しっこく》の翼が生えており、静かに空中に静止していた。

アッシュの外見は、今までのような小男ではなく、魔物と人間の中間のような姿に変化していた。

「まあ、良いか。ボクが全員殺せば、関係ないことだよね」

期待を寄せていた『松竹梅《しょうちくばい》』の三人が敗北した以上、最後に頼れるのは自らの力だけである。

「蠅《はえ》も、蛙も、蛇も、所詮は、下等生物に過ぎない。生態系の頂点に立つべきは、やはり『人』だ。今のボクなら、誰にも負けることはないだろうね」

アッシュが含みのある台詞《せりふ》を口にしたその直後――。

彼の周囲には緊迫した空気が張り詰める。

「お前だな。この騒動の首謀者《しゅぼうしゃ》は」

空に浮くアッシュの元に《新生・ネームレス》のメンバーたちが駆け付けたのだ。

最初に声をかけたのは、ロゼであった。

この日、未だに大物の撃破を成し遂《と》げていないロゼは、戦果を貪欲《どんよく》に求めていた。

「へへっ。コイツを倒せば一件落着っていうわけだな」

「オレの獲物だ。お前たちは手を出すんじゃねぇぞ」

ロゼの到着から少し遅れて、サッジとジャックの二人が到着する。

状況は三対一。

普通に考えれば、圧倒的に不利な状況だ。

にもかかわらず、アッシュは余裕の態度を崩そうとはしなかった。

「かかっておいでよ。先手はあげるからさ。都合が良いよ。実験台を探していたところだったんだ」

魔獣の細胞を利用して最高の力を手に入れたアッシュであったが、実のところ、自分の力というものを正確に理解しているわけではなかった。

今回の戦闘は、初めての実戦にして、最高の実験の場所になるだろう。

アッシュの言葉には、そんな思惑が存在していたのだった。

「ハンッ！　調子に乗るなよ！　オッサン！」

この挑発を受けて最初に動いたのはサッジであった。

サッジは空中に浮いている敵に向かって飛び蹴《げ》りの攻撃を放つ。

その攻撃は、《猛牛《バッファロー》》の通り名に恥じない超スピードで繰り出された。


「遅いね。キミたち程度なら、魔法を使うまでもないようだね」

退屈そうに呟《つぶや》いたアッシュは、掌《てのひら》を敵に向ける。

「ハッ！」


その攻撃は、魔法と呼ぶには、あまりに原始的なものであった。

魔力の波動を飛ばすだけの単純な攻撃だ。

だが、その魔力量は、桁違《けたちが》いのものであった。

アッシュの放った魔力の波動は、超広範囲の攻撃となって三人に襲いかかる。

「んぎゃああ」

敵の攻撃を一番、モロに受けたのはサッジだった。

既に接近していて、空中で身動きが取れなくなっていたことが仇《あだ》となった。

魔力の嵐に巻き込まれたサッジは、遥《はる》か彼方《かなた》にまで吹き飛ばされてしまった。


「「…………!?」」


残された二人の表情に緊張が走る。

命までは落としていないだろうが、サッジが負ったダメージは間違いなく重傷だ。

回復魔法で治療したとしても、この戦闘に復帰するのは難しいだろう。

「面倒ですね。この男」

「チッ……。屈辱《くつじょく》だが、ここは協力するしかねえみたいだな」

敵の脅威《きょうい》を察知した二人は、一転して、協力して敵を倒す判断を下すことになった。

キンキンッ！

キンキンキンキンッ！

そこから先は、常人では視界に捉えることができないレベルのハイスピードの攻防が繰り広げられていた。

魔物の姿になったアッシュは、無数の触手を伸ばして、二人に攻撃を繰り出す。

二人は迫りくる触手の攻撃を手にした刃で斬り続ける。

「クッ……。厄介《やっかい》な攻撃ですね」

敵の猛攻を前にした二人は、防戦一方の展開を強《し》いられていた。

戦況が長引けば、状況は不利になることは明白であった。

既に全力で近いパワーで防戦に挑んでいる二人とは異なり、敵は余力を残しているようであった。

「ハッ！　その首、もらったぜ！」

最初に動いたのは、ジャックだ。

ロゼが注意を引き付けている間に背後を取ることに成功したジャックは、不意の一撃を仕掛けた。

「なっ――。消えた――⁉」

正確には消えたわけではなかった。

単純な魔力だけでなく、スピードに関しても、アッシュは常軌を逸した能力を誇っていたのである。

「欠伸《あくび》が出るよ。その程度で不意を衝《つ》いたつもりかい？」

一瞬で背後に回り込んだアッシュは、ジャックの背中を蹴り飛ばす。

「ぐふっ」

背骨が粉々に砕ける感覚があった。

ジャックは勢い良く地面に叩き落とされて、口から血を吐いた。

「テメェ……。ぶっ殺してやるぜ！」

ジャックの持ち味は、再生能力にある。
折れたはずの骨は、即座に再生して、万全の状態に戻っていた。
「知っているよ。キミは人より少しだけ頑丈なのだろう」
意味深な言葉を口にしたアッシュは、ジャックに向かって何かを投げつける。
それは植物の種だった。
魔法の力を借りて、種は発芽《はつが》し、驚異的なスピードで成長することになった。
超スピードで成長した植物の蔓《つる》は、ジャックの体に向かって伸びていく。
「チッ！」
ジャックは即座に手にした刃で蔓を切断する。
だが、その抵抗は長くは続かなかった。
攻撃を続ける度《たび》にジャックの動きは、次第に鈍いものになっていった。
（どういうことだ。体に力が入らねえ……）

体が蔓に触れるたびに、力が吸われるような感覚に苛《さいな》まれていた。

「この植物は特別なものだよ。自ら意志を持ち、生物の魔力を養分にして成長する」

地上に向かって落としたのは、植物型の魔獣の種であったのだ。

無尽蔵《むじんぞう》の魔力によって種は、ジャックの視界を覆《おお》うようにして成長していく。

成長した植物の種は、いつの間にか人間のような姿になっていた。

「ガッ――!?　アガガガッ――!?」

蔓がジャックの体を捕らえるまで、そう多くの時間はかからなかった。

意志を持った植物の魔獣により、ジャックの肉体は雁字搦《がんじがら》めの状態に陥《おちい》ることになる。

「どんなにキミが頑丈でも、この攻撃の前では意味がないね。キミはそこで苗床《なえどこ》となるといいよ」

反撃を試みても魔力を吸われて、思うように体に力が入らない。

成長を続ける植物を前にして、ジャックは完全に無力化されることになった。

「さぁ。残りは一人か。いつまで逃げ切れるだろうね」

追い詰められたロゼは、苦悩していた。

迂闊《うかつ》だった。

心の中で、自分の力に慢心していたのかもしれない。

「さあ。次はそこにいる銀髪を苗床にしてやれ」

成長した植物の魔獣は、ロゼに向かって一斉に蔓を伸ばしていく。

敵は強い。

一体、どういう仕掛けがあるのかは定かではないが、アルスを除けば、今まで対峙《たいじ》してきた敵の中でも、間違いなく最強の存在である。

「クッ……」

剣術の才においてはアルスすらも凌駕《りょうが》するロゼであったが、敵の戦力は無尽蔵に増加して、キリのないものであった。

結果、ロゼは敵の攻撃を捌《さば》き切るので精一杯でジリジリと後退を迫られることになった。

「やれやれ。こうなった以上、ボクも『奥の手』を使うしかないですね」

個別に対応していては、後手に回ることは必至である。

覚悟を決めたロゼは、手にした刀を抜いて、敵に向かって宣言をした。

「見せてあげますよ。アルス先輩ですら知らない。これがボクの《異能》です」

極限まで集中力を高めたロゼは、魔法を発動する。

異能とは、既存の延長線上にある特別な力のことである。

アルスの解釈で説明をすれば、『固有魔法』とでもいうべきものだ。

魔法を極めた人間が窮地《きゅうち》に追い込まれた時に発現するとされており、その全容は未だに謎に包まれている。

「薔薇の十字架《フォース・ロザリオ》」

次の瞬間、周囲の空気が変わった。

ロゼの固有魔法は、魔力を刃に変える力であった。
この力に目覚めたのは、アルスから遅れて、一カ月後のタイミングであった。
己の命を削るような過酷《かこく》な鍛錬の最中、アルスに負けたくないという精神が彼の中の潜在能力を開放したのだ。

「「「ぎゃわっ！」」」

刃の嵐に巻き込まれた植物の魔獣は、粉々に刻まれていく。
やがて、斬撃の嵐は、空中にいるアッシュに向かっていった。

「ふんっ……。退屈凌《たいくつしの》ぎくらいにはなりそうだね」

ロゼの攻撃に対抗するためにアッシュが作り出したのは盾であった。
己の肉体を亀の甲羅《こうら》にも似た堅牢《けんろう》な盾に変化させたアッシュは、身の守りを固めることにした。

「んなっ――!?」

だがしかし。

アッシュの目論見《もくろみ》は、桁外《けたはず》れの威力を誇るロゼの《異能》を前にして、脆《もろ》くも崩れ去ることになった。

今までに見たことがない密度とスピードを兼ね備えた攻撃であった。

「グッ……。ウグッ……」

ロゼの魔法に触れた盾は、粉々に切り刻まれていく。

やがて攻撃はアッシュの本体に達して、その肉体をズタズタに引き裂いていく。

「ぐおおお！」

さながら裸で薔薇《ばら》の茨《いばら》の中に入ったかのような斬撃である。

ロゼの固有魔法を受けたアッシュは、断末魔《だんまつま》の声を上げて、バラバラに斬られることになった。

「ふふふ。やりましたよ。アルス先輩」

地面に片膝をつけてロゼは続ける。

「これで証明できたでしょう。ボクは一人でも戦える。貴方《あなた》がいなくても、何も問題がありません」

実のところ、ロゼは思い悩んでいたのである。

アルスが抜けて以降、組織の『最強』の座はロゼに移り変わることになった。

だがしかし。

組織にとってアルスの存在は、あまりに大きすぎるものであった。

『なあ。聞いたか。例の新入りの話』

『ああ。銀髪のことだよ。調子に乗ったガキだって聞いたぜ』

『バカな奴だよな。死運鳥《ナイトホーク》の代わりなんて務まるはずがねえのによ』

歴代最強のエース、アルスの代わりが務まるはずがない。

新入りの立場であるロゼは、アルスと比較をされて、常に批判を受けてきたのである。

「クッ……。この技は流石《さすが》に消耗《しょうもう》が激しいですね」

固有魔法を使用した後、ロゼは疲労困憊《ひろうこんぱい》の様子を見せていた。

ロゼの固有魔法は、魔力の燃費が悪いという明確な欠点が存在していた。

全力の魔力を使用した時の威力は絶大であるが、暫《しばら》くは歩行すらも困難になるのだ。

「やるねぇ。キミ。正直、ここまでの人間がいるとは思っていなかったよ」

「――――ッ!?」

だからこそ、敵の声が聞こえてきた時、ロゼは背筋が凍るような恐怖を味わうことになる。

「褒《ほ》めてあげようか。ボクの『戦闘形態』を引き出したのは、キミが初めてだよ。記念すべき第一号といったところかな」

復活したアッシュは、大幅に姿を変えていた。

以前までは、身長一六〇センチに満たない男を原形にしていたのだが、現在は、身長二メートルほどの大男に変化している。

「バカな……。どうして……」

全力の『奥の手』を使用しても倒しきれないのは計算外であった。
絶望的な状況に追い込まれたロゼは、強い無力感に苛《さいな》まれた。

「キミはもう用済み。消えてもらうよ」

冷たい台詞《せりふ》を吐いたアッシュは、指先から魔力弾を放出する。
小さいながらも、アッシュの放った魔力弾は凶悪な殺傷能力を誇っていた。

「────ッ⁉」

状況が大きく変化したのは、ロゼが窮地に追い詰められた直後のことであった。

「やれやれ。詰めの甘さは相変わらずだな。ロゼ」

突如として現れた黒色の影が、アッシュの放った魔力弾を華麗《かれい》に弾き返す。
一瞬、目の前の現実を受け止めることができずにいたロゼは、唖然《あぜん》として口を開いた。
何故ならば──。

そこにいたのは、長きに渡り、ロゼが追いかけていた憧れの人物、アルスだったからである。

9話 VS魔族

やれやれ。

嫌な予感がしたので、戦闘の現場に駆け付けて正解だったな。

どうやら《新生・ネームレス》の精鋭部隊は、謎の襲撃者によって、壊滅的な被害を受けていたようだ。

「ふふふ。来ると思っていたよ。アルス・ウィルザード。その様子だと、ボクの送った百人の配下たちは、キミに敗れたようだね」

なるほど。

この男が学園にテロ事件を仕掛けた首謀者《しゅぼうしゃ》か。

であれば、話は早いな。

俺がこの男を倒せば、諸々《もろもろ》の問題は解決するということだろう。

「気を付けて下さい。アルス先輩。この男、普通ではありません。怪物です」

怪物か。

たしかに、そう表現するのに相応《ふさわ》しい姿をしているな。

俺が今日、戦った『魔獣』たちと比べれば、僅《わず》かに人間の姿を残しているようだが、それでも人間とは言い難い姿をしている。

「ボクの名前はアッシュ・ランドスター。キミが殺したレクター・ランドスターの弟だよ」

ふむ。その名前には、聞き覚えがあるな。

レクター・ランドスターは、《逆さの王冠《リバースクラウン》》に所属していたマッドサイエンティストである。

「兄の研究は、酷《ひど》く不完全なものでね。前々より、不満に思っていたのですよ。魔法の使えない庶民《しょみん》たちを強化するために魔獣の細胞を混ぜて、混合生物《キメラ》にするのが最も効率的だということに」

なるほど。

この兄弟、倫理《りんり》観が相当に歪んでいるらしいな。

薬物で《異能》を無理やり発現させるレクターの研究も外道《げどう》であったが、弟の研究と比べれば幾分、マシなものだったのかもしれない。

「ふふふ。兄さんは甘かった。でも、ボクは違うよ？　ボクはキミを殺す。そして、兄さんよりも優れた研究者であったことを証明してみせるよ」

お喋《しゃべ》りが尽きない男だな。
戦闘中に口数の多い人間は、小物だと相場が決まっているのだけれどな。

「破ァ！」

敵の攻撃が始まる。
一瞬で俺の背後をとったアッシュは、腰から伸びた尻尾《しっぽ》を高速で振ってくる。
ふむ。組織の精鋭たちが手を焼くのにも頷《うなず》けるな。
あと少し反応が遅れていたら、今の攻撃で首が飛んでいただろう。

「ほらほら。休んでいる暇はないよ」

敵の猛攻は止まらない。

やりにくい相手だ。

体の捌《さば》き方は素人《しろうと》同然であるが、敵の身体能力は規格外のものだ。

スピードとパワーだけでいうなら、今まで戦ってきた敵たちの中でも最強クラスだろう。

今の俺の全力を使っても、致命傷を負わないように避けるので手一杯な感じである。

「ふふふ。流石《さすが》の反応速度だねえ」

近接戦では決着がつかないと悟ったのだろう。

俺から離れたアッシュは、遠距離攻撃に切り替えてきたようである。

「フハハハ！　どうした死運鳥《ナイトホーク》！　ボクの力の前に手も足も出ないだろう！」

次にアッシュが使用してきたのは、なんの変哲もない魔力弾であった。

だが、恐るべきは、その質量である。

凄《すさ》まじい弾幕だな。

魔法の使い方は、滅茶苦茶《めちゃくちゃ》であるが、無尽蔵《むじんぞう》の魔力量は驚異である。

敵の攻撃は何処《どこ》までも『人間離れ』しているように感じるな。

このままでは追い詰められるのは俺の方かもしれない。

「どうしてキミが勝てないか教えてあげようか。今のボクは『魔族』なのですよ」

暫《しばら》く交戦を重ねていると、アッシュは不意に聞き覚えのない言葉を口にする。

「腑《ふ》に落ちない顔をしているね。人間と魔獣の混合生物《キメラ》となった存在をボクは『魔族』と命名することにしたのさ」

なるほど。

魔族とは、悪趣味な呼び方だな。

魔族とは、神話の中で、人間たちを苦しめた空想上の生物である。

人間の知能と魔獣の戦闘能力を併せ持ち、世界の覇権《はけん》を握っていたとされている種族だ。

空想上の種族ではあるが、現在も、多くの人間たちに畏怖《いふ》されている存在である。

「至高の『魔族』となったボクが人間ごときに負けるはずがないのだよ！」

人間は魔族に勝てない。

それは太古から、言い伝えられてきたことではあるな。

ん、待てよ。

敵が『人間』でないのであれば、俺にとっては好都合なのかもしれない。

「そうか。人間じゃないなら、殺してしまって構わないのか」

自分でも驚くほどに冷たい言葉が自然と出ていた。

その時、俺の脳裏《のうり》に過《よぎ》ったのは、いつの日か、親父《おやじ》から受けた言葉であった。

『金輪際《こんりんざい》、人殺しは禁止だ。汚れ仕事は、オレたちプロに任せておけばいい。アルは可能な限り『普通の学生』としての生活を心がけてくれ』

あの日以来、俺は、『誰も殺さない』ということを最優先事項に掲《かか》げて生きてきたのだ。

相手が魔族であれば、『人殺し』にはならないので、親父との約束を違《たが》えることにはならないだろう。

憑《つ》き物《もの》が落ちたような感覚があった。

解放された、というべきか。

ようやく本気を出すことができるな。

「ガッ――。この圧力は――」

俺の殺気を受けたアッシュは、取り乱した。

「ウグッ……。なんだ。この息苦しさは……」

相手の弱点は、戦闘経験の乏《とぼ》しさにあるようだな。

被捕食側に回り、窮地《きゅうち》に立たされた経験というものがないのだろう。

「ボクは負けない。負けないんだああ」

体を大きく膨張《ぼうちょう》させたアッシュが襲い掛かってくる。

ふむ。たしかにスピードは相当なものだが、体の使い方は素人丸出しだな。

この程度であれば『殺し』という名のリミッターを解除した俺の敵ではない。

「グバッ！」

俺はアッシュの攻撃を紙一重《かみひとえ》のタイミングで避けつつも、カウンターの一撃を与える。

「何故だ……。このボクが……。人間ごときに……」

むう。流石に硬いな。

確実にダメージを与えたはずなのだが、即座に回復をしている。

この男、再生能力に関しても、人間離れをしているようである。

近接戦闘では、致命傷を与えられない。

であれば、仕方がない。

少々、手間はかかるが、ここは新技を試してみることにするか。

俺は人差し指の先の皮を嚙《か》み、手で銃の形を作る。

「呪われた血の弾丸《ブラッドブレット》」

そこで俺が意図的に使用したのは、今まで持っていた『固有魔法』であった。

俺の『固有魔法』は、自分の血の性質を変化させるものである。

一部では《異能》と呼ばれる能力だな。

自分なりに鍛錬を重ねた結果、俺の『固有魔法』は、様々な応用を利《き》かせられるように進化していた。

指先から飛んでいった血の弾丸は、アッシュの頭に向かって飛んでいく。


「カハッ――!?」


確実にアッシュの脳天を貫いた感覚があった。

通常の敵であれば、この時点で決着は付いていただろう。


「ふふふ。なんだぁ。その攻撃は！　軽い！　軽すぎるよ！」


ふむ。相変わらず、人間離れした耐久力だな。

頭を貫かれているにもかかわらず、アッシュはピンピンした様子であった。

だが、残念だったな。

俺の狙いは敵に物理的なダメージを与えることではない。

新しく目覚めた『固有魔法』を使って内側から破壊することにあったのだ。

「こんな話を知っているか？　樽《たる》いっぱいの高級ワインも一滴の泥水が入れば、それは汚水と変わらない」

「はあ。何を言って……」

異変が起きたのは、アッシュが呆《あき》れながら言葉を吐いた直後のことであった。

「ぐぼっ⁉」


ふう。ようやく効いてきたようだな。

俺の『固有魔法』で操れるのは、自分の血液に限定されている。

これが基本的なルールだ。

だが、ここで一つの疑問が生まれる。


相手の血液に自分の血液を混ぜた場合はどうなるのか。


全ては捉え方次第である。

俺は自らの認識を変化させることによって、自分の血液が混ざった時点で、他人の血液を『自分のもの』として捉えることに成功したのだ。

無論、鍛錬は必要であったが、反復の鍛錬であれば、朝飯前である。

試行錯誤《しこうさくご》の結果、俺は他者の血液を操作する術を得たというわけだ。

「グギャアアア」

血液は無数の刃となって、敵の体を内側から引き裂いていく。

敵の血液をコントロールできるようになった以上、どれだけ耐久力を持っていても無意味だろう。

「ありえない……。このボクが……人間に敗れるなぞ……。ボクは魔族だぞ……。貴様は一体……。何者だ……」

自分が何者か、か。

随分《ずいぶん》と哲学的な問いをしてくれるのだな。

今までの俺は、王室御用達《ロイヤルワレント》の暗殺者《アサシン》として、生きていた。

だが、死運鳥《ナイトホーク》の名前は捨てたのだ。

今の俺は、これといった肩書きは持たない存在である。

「別に。名乗るほどのものではない。通りすがりの学生だ」

敵の断末魔《だんまつま》の叫びを聞きながら、最後に俺はそんな言葉を返すのであった。

―エピローグ― その後の日常

それからの話をしようと思う。

突如として王都を襲った襲撃事件は、程なくして鎮静化することになった。

「まったく。キミたちには心底、失望しましたよ。引退したはずの死運鳥《ナイトホーク》に全ての手柄を奪われるとは痛恨の極《きわ》みです。《切り札の三銃士《ロイヤルナイツ》》の肩書きを持つ隊員ともあろうものが。恥ずかしくはないのですか」

「「「…………」」」

期待されていた活躍をすることできなかった三人は、クロウからネチネチとした説教を受けている。

これは後になってから判明した話であるが――。

ジャック、ロゼ、サッジの三人は、組織の中では《切り札の三銃士《ロイヤルナイツ》》と呼ばれて、一大勢力を築き上げているらしい。

それぞれ、トランプのジャック、クイーン、キングにちなんで付けられた名前なのだとか。

他の二人は分かるとして、サッジがキングという扱いを受けているのは心外である。

裸の王様ならば、納得できるのだけれどな。


「ふっ……。まったく、皮肉なもんだな。オレたちの組織には、まだまだお前さんの力が必要だったというわけか」


組織のリーダーである親父《おやじ》からしたら複雑な心境なのだろう。

俺に引退を促しておきながらも、結局、今回の事件を解決するには、俺の力が必要になってしまったのだ。

とはいえ、今回は色々な例外が重なった結果とも言えるだろうけどな。

ジャック、ロゼ、サッジの三人は、それぞれ才能十分で頼りにはなるが、その実力は未だに発展途上な部分が大きい。

今回のように想定外の強敵が現れた時は、苦戦を強《し》いられることになるのだろう。


「ねえ。別にアルを学園に縛《しば》り付けておく必要はないんじゃない？　貴重な戦力を使わないのは、人類にとっての損失のような気がするんだけど。アルなら一人で一万人分の働きをしてくれるわよ。誇張ではなく」

重苦しい空気の中で素朴《そぼく》な疑問を口にするのは、マリアナであった。

「いいや。それはダメだ。あくまでアルには、学業に専念してもらう。一度、決めたことを曲げるのは筋が通らねえからな」

マリアナの言葉には一理あるような気がする。

どうやら親父は意地になっているようだな。

「親父。その件で一つ、相談したいことがあるのだが」

「ん。なんだよ。言っておくが、職場に復帰するって言うのはナシだぜ。お前は、お前のするべきことに専念しろよ」

まあ、親父の反対は想定の範囲内だ。

そう言われると思って俺は、事前に折衷案《せっちゅうあん》を用意していたのである。

～～～～～～～～～～～～～～

それから。

王都の二度目の襲撃事件が起きてから暫《しばら》くの時が過ぎた。

俺はというと、少し思うところがあり、《暗黒都市《パラケノス》》の市街地に新しく建てられた『新人訓練所』という施設を訪れていた。

「いいかぁ！　ここに集められたのは、正規の隊員には選ばれなかったクズの寄せ集めよ！　今日より、この、プルゾン様がしごいてやるから覚悟しておくように！」

目の前にいるのは、俺より少し年上威勢の良い男であった。

むう。この男、初対面だが、何処《どこ》かで見たような風貌《ふうぼう》だな。

そうか。

髪型がサッジと瓜二《うりふた》つなのだな。

鶏《にわとり》の頭にも似た独特のヘアスタイルは、通常であれば、なかなかに被《かぶ》りようのないものである。

「うわ。この人が噂《うわさ》のプルゾンさんか……」

「おっかねぇ。この人、鬼教官で有名だぜ」

俺の周りにいるのは真新しい隊服を着用した若い男たちである。
衣服から血の臭《にお》いがしないのは、裏の世界では、駆け出しの証拠だろうな。
「ふんっ。どいつもこいつも、しけた面《つら》をしやがって。先が思いやられるぜ」
ふむ。このプルゾンとかいう男、やけに態度がでかいな。
俺にとっては初めて見る顔なのだが、有名な奴なのだろうか。
さて。
今現在、俺が何をしているのか、説明をしておこうと思う。
何を隠そう俺は《新生・ネームレス》の『予備隊員』に応募したのである。

〜〜〜〜〜〜〜〜〜〜〜〜〜〜〜

その日、俺は親父に向かって以前より考えていたアイデアを伝えてやることにした。
『予備隊員か……。なるほど。考えたな。それくらいの関与であれば……。あるいは落とし所としては、適切なのかもしれんな』

俺の提案を受けた親父は、何やら複雑な心境を抱いているようであった。

この予備隊員という制度は、組織が新しい体制になったことによって生まれたものである。

新体制の組織は、仕事の幅が広くなり、業務量が増加の一途を辿《たど》っているようだ。

そこで、正規の隊員とは別に、人手が足りていない時の『雑事』を請け負う人材を募集していたのである。

『ウチの主力の《切り札の三銃士《ロイヤルナイツ》》に対して、お前は《死神《ジョーカー》》といったところか。予備隊員に最強の人材がいるなんて、誰も予想できねぇだろうな』

死神《ジョーカー》か。

トランプのカードになぞらえて言うなら、当たらずとも遠からずの表現なのかもしれないな。

『……これ以上、通り名はいらないのだけれどな』

『まあ、そう言うな。裏の世界では『箔付け《はくづ》』というのが大事なんだよ。とはいえ、今後は死神《ジョーカー》に頼らず、問題を解決できるように組織を強化していかなければならないな』

結果的に俺は親父に言われた通りの『普通の学生』となることは叶わなかった。

だが、完全に諦めたというわけでもない。

これから段階を踏んで、『普通の学生』を目指すことはできるはずだ。

白色とも、黒色とも、判別がつかない。

灰色の選択だな。ある意味では、俺らしいものだろう。


〜〜〜〜〜〜〜〜〜〜〜〜〜


そういうわけで俺は《新生・ネームレス》の予備隊員になるための試験を受けにきたというわけだ。

「これより、我が隊のボスを紹介する！　ありがたく思え！　貴様たち非正規の隊員たちは、二度と拝めないであろう高貴なる方だ！」

教官であるプルゾンが宣言すると、部屋の奥から見覚えのある人物が現れる。

んん？　これは一体どういうことだろう。

この男、俺がよく知る人物である。

「我こそは、不生《ふしょう》の大英雄！　《切り札の三銃士《ロイヤルナイツ》》のキングこと。サァァァァァァァァァァアアアアアアアアアアアアアアアアアアアアアアアアアアジなり！」


まるで舞台俳優のような芝居がかった口調でサッジは言った。

ド派手な衣装に身を包んだサッジは、見るからに調子付いている様子であった。

「うおおお！　流石《さすが》はサッジ隊長！　カッケーッス！　マジ、尊敬ッス！」

サッジの意味不明な登場を前にしたプルゾンは、明らかに興奮した様子であった。

やれやれ。

どうやら、このプルゾンとかいう男、サッジに心酔しているようだな。

髪型が似ているのは、サッジに影響されてのものなのかもしれない。

「いいかぁ！　ここにいる、お方はなぁ！　たった一人で王都騒乱の事件を解決した偉大なるサッジ隊長だ。この方は、単身で二度も国を救ったんだぜ。組織《ウチ》に《猛牛《バッファロー》》の通り名を知らない人間はいねえ！　最強の男よ！」

ふむ。かなり事実が捻《ね》じ曲げられているような気がするな。

現実として、サッジが一人で事件を解決した事実は何処にもない。

どちらかというと、その功績は俺のもののような気がするぞ。

「おいおい。マジかよ……」

「そんな凄《すご》い人が上司になるということか……」

プルゾンの言葉を受けた受験生たちは、怖気《おじけ》づいているようだ。

「ふははは！　まあ、そういうことよ！　死ぬ気で上がってこい！　オレの位置まで！　頂《いただき》の景色を見せてやるぜ！」

ふむ。この男、完全に調子に乗っているようだな。

人は誰しも特定の人間には見せない『二面性』を持つという。

普段は『後輩モード』のサッジしか見られていないので新鮮な気分である。

「んあっ。アニキッ！」

頂の景色とやらを見て、有頂天の状態のサッジと目があった。

俺と目が合うなり、サッジは分かりやすく狼狽《ろうばい》しているようだった。

「どど……。どうしてアニキがここに……」

俺が冷ややかな目線を送っていると、サッジは全身から冷や汗を滝のように流している。

ふむ。

俺が応募したのは、サッジの部隊の末端の席だったというわけか。

奇妙な巡り合わせがあったものだな。

今まで後輩だったサッジが、今後は俺の先輩となるわけか。

「おい。そこにいるモヤシ」

「…………？」

さて。そんなことを考えていた折、教官の男が不機嫌そうに声を上げる。

どうやら声は、俺の方に向けられているようである。

「オレはなぁ。お前みたいな軟弱者が組織に入るのは反対だぜ。ここは泣く子も黙る闇の組織《ネームレス》だ。お前みたいな新参者がでかい顔をしちゃあ、組織の『格』が落ちるってもんよ」

「…………」

なるほど。

この男、俺の素性《すじょう》について何も知らないらしい。

こう見えて、俺は組織で十年以上、働いていたのだけれどな。

俺から言わせれば、新参者は、このプルゾンとかいう男の方である。

「来いよ。オレ様が直々に実力を試してやる。入団試験だ！　今から決闘して、一発でもオレ様を殴《なぐ》ることができれば、合格にしてやるぜ」

はてな。そんな乱暴な試験があるとは親父《おやじ》から聞かされていなかったのだけれどな。

この男の独断か。

サッジの後輩なだけあって、相当なバカのようだな。

「あわわわ……。ど、どうなっても知らないぞ……。オレは……」

俺たちの会話を聞いていたサッジは、顔色を青くして、体をプルプルと震わせているようであった。

「でりゃあ！　かかってこいやぁ！　プルゾン様が相手になってやらあ！」


やれやれ。仕方がない。

暫《しばら》くは大人しくしていようと思ったのだが、そういうわけにはいかなくなってしまったようだな。

ここは素直に力を示して、入隊の権利を勝ち取ることにしよう。


～～～～～～～～～～～～～～


結論から言おう。

入隊試験の結果はアッサリと合格することになった。

強気な態度で挑んできたプルゾンであったが、デコピン一発で吹き飛ばされてしまった。

まったく、嘆《なげ》かわしい。

昔は『少数精鋭』を謳《うた》っていた組織の方針であるが、今は、見る影もないようである。


「アルスくん。今、良いでしょうか」

さて。時は変わって、授業の終わり。

放課後、身支度《みじたく》を整えていると見知った人物に声をかけられる。

レナ、それに、ルウも一緒のようだな。

「実はワタシたち、今、秘密の特訓しているところなのです。二人で『必殺技』を開発中しているのですよ」

「アルスくんからも何かアドバイスがもらえると助かるんだけどなぁ」

必殺技か。

二人の魔法師としてのレベルは、俺が出会った頃と比べて、見違えるように向上している。

そろそろ『決め技』のようなものを取得しようと考えるのは、自然な流れなのだろう。

だがしかし。

残念なことに、今日は他にやるべきことがあった。

「すまないが、日を改めてくれないか。生憎《あいにく》と今日は、この後、外せない予定があるんだ」

今日は、この後、組織の仕事に行く予定があった。

本来であれば、『雑事』のみを請け負うことになっていたのだが、このところ俺の仕事量は

増加の一途を辿《たど》っていた。

他のメンバーが頼りない分、俺が皺寄《しわよ》せを受けている構造である。

まあ、学生生活というのは、何かと資金が必要になってくるからな。

当面の間は、この状況を利用させてもらうことにしよう。


「何故でしょう。またもやアルスくんが遠いところに行ってしまったような気がします」

「……最近のアルスくん。また隠し事をしている感じがするよ」


俺の言葉を受けた二人は、怪訝《けげん》な表情を浮かべていた。

二人には悪いが、当面の間は、俺が抱える『秘密』が消えることはなさそうである。


～～～～～～～～～～～～～～


さて。改めて、自己紹介をしておこう。

俺の名前はアルス・ウィルザード。

昔は《王室御用達《ロイヤルワレント》》の暗殺者《アサシン》と呼ばれていたが、現在は一線を退いて学生をやっている。

好きな食べ物はパスタ。趣味は絵を描くこと。

最近は、料理にも拘《こだわ》っており、プロの料理人と定期的に意見交換をしている。

学園には仲の良い二人のガールフレンドがいる。

俺たちの関係を端的に表すなら『特別な師弟関係』といったところだろうか。

普段は、ごくごく普通の学生として暮らしている俺だが、近しい知り合いには、公表していない秘密がある。

バイト先は、顔見知りの闇の組織だ。

あとがき

柑橘《かんきつ》ゆすらです。

『王立魔法学園の最下生』第6巻、如何《いかが》でしたでしょうか。

今巻で完結です。

手前味噌で申し訳ないのですが、5巻とこの6巻は、もの凄《すご》い熱量を込めることができたな、という手応えを感じていました。

以前にも、あとがきで書いたのですが、本来、このシリーズは4巻で完結する予定だったのです。

4巻でストーリーは一度、全て片付いたので、5巻からはどうやってストーリーを展開させれば良いのかと頭を悩ませていました。

開き直って『普通の学生になった』アルスくんの日常を書いていこう！　と思い立ってからは、凄《すさ》まじい勢いで筆が進んでいきました。

作家業というのは、不思議なもので、面白い作品を書けている時ほど、執筆スピードが向上していきます。

なので、作家にとって一番楽な仕事は、毎回、自分にとって最高傑作《けっさく》の面白い作品を書いていくことなのですが、それができたら誰も苦労しないですね（笑）。

完結巻の自己評価という意味では、ボクの過去シリーズの中でもトップクラスの出来になったなと思います。

特にアルスくんのキャラが好きですね。

くだらない問題に対しても、全力で、スタイリッシュに解決をする。

澄ました顔でも、女の子たちと、やることはやっている。

自分の理想とする、面白くて、格好良い主人公を書き切ることができたな、という満足感で一杯です。


それでは。

また別のシリーズでも読者の皆様と出会えることを祈りつつ――。

柑橘ゆすら

この作品の感想をお寄せください。

あて先　〒101-8050　東京都千代田区一ツ橋2-5-10
集英社　ダッシュエックス文庫編集部　気付
柑橘ゆすら先生　青乃 下先生

ダッシュエックス文庫

王立魔法学園の最下生6
〜貧困街《スラム》上がりの最強魔法師、貴族だらけの学園で無双する〜

柑橘ゆすら

2024年4月30日　第1刷発行

★定価はカバーに表示してあります

発行者　瓶子吉久
発行所　株式会社　集英社
〒101−8050　東京都千代田区一ツ橋2−5−10
03(3230)6229(編集)
03(3230)6393(販売／書店専用) 03(3230)6080(読者係)
印刷所　株式会社美松堂／中央精版印刷株式会社

ISBN978-4-08-631546-3 C0193

大好評発売中！
原作 柑橘ゆすら
漫画 長月郁
ヤングジャンプコミックス
週刊ヤングジャンプにて
大好評連載中！
12
原作 柑橘ゆすら
漫画 長月郁
王立魔法学園
最下生

超規格外の
完全無双
学園ファンタジー!!
コミックス1~12巻
王立魔法学園の最下生
~貧困街《スラム》上がりの最強魔法師、貴族だらけの学園で無双する~

最強
The strongest
×
The reincarnation
転生
最強の魔術師が、異世界で無双する!!
超規格外学園魔術ファンタジー!!
劣等眼の転生魔術師
~虐げられた元勇者は未来の世界を余裕で生き抜く~
柑橘ゆすら
illustration
ミユキルリア
The reincarnation
magician of
the inferior eyes.

STORY

生まれ持った眼の色によって能力が決められる世界で、圧倒的な力を持った天才魔術師がいた。

男の名前はアベル。強力すぎる能力ゆえ、仲間たちにすらうとまれたアベルは、理想の世界を求めて、遥か未来に魂を転生させる。

しかし、未来の世界では何故かアベルの持つ至高の目が『劣等眼』と呼ばれ、バカにされるようになっていた！　ボンボン貴族に絡まれ、謂れのない差別を受けるアベル。だが、文明の発達により魔術師の能力が著しく衰えた未来の世界では、アベルの持つ『琥珀眼』は人間の理解を超える超規格外の力を秘めていた！

過去からやってきた最強の英雄は、自由気ままに未来の魔術師たちの常識をぶち壊していく！

異世界で無双する!!
シリーズ累計
130万部
突破!!

王立魔法学園の最下生
～貧困街《スラム》上がりの最強魔法師、貴族だらけの学園で無双する～

柑橘ゆすら
イラスト／青乃《あおの》下《しも》

王立魔法学園の最下生2
～貧困街《スラム》上がりの最強魔法師、貴族だらけの学園で無双する～

柑橘ゆすら
イラスト／青乃《あおの》下《しも》
キャラクター原案／長月郁

王立魔法学園の最下生3
～貧困街《スラム》上がりの最強魔法師、貴族だらけの学園で無双する～

柑橘ゆすら
イラスト／青乃《あおの》下《しも》
キャラクター原案／長月郁

王立魔法学園の最下生4
～貧困街《スラム》上がりの最強魔法師、貴族だらけの学園で無双する～

柑橘ゆすら
イラスト／青乃《あおの》下《しも》
キャラクター原案／長月郁

貴族しか魔法を使えない世界で優れた魔法の才能を持った庶民のアルス。資格取得のために入った学園で低レベルな貴族を圧倒する！

暗殺者の素性を隠し、魔法学園で断トツの学年1位となったアルス。暗殺組織の任務では貴族のパーティーの護衛を請け負うのだが…。

暗黒都市の収益を巡って所属するギルドと敵対勢力の争いが本格化し、アルスは同級生のレナと過ごす休日に刺客を送り込まれて…？

アルスが公安騎士部隊に捕縛された!?　投獄された大監獄で出会った意外な人物とは。一方アルス不在の王都とギルドは危機に陥り!?

王立魔法学園の最下生5
～貧困街《スラム》上がりの最強魔法師、
貴族だらけの学園で無双する～

柑橘ゆすら
イラスト／青乃《あおの》下《しも》
キャラクター原案／長月 郁

王立魔法学園の最下生6
～貧困街《スラム》上がりの最強魔法師、
貴族だらけの学園で無双する～

柑橘ゆすら
イラスト／青乃《あおの》下《しも》
キャラクター原案／長月 郁

魔王は勇者の可愛い嫁
～パーティの美少女4人から裏切られた
勇者、魔王と幸せに暮らします。
4人が勇者殺しの大罪人として世界中から
非難されてる?まあ因果応報かなぁ～

六志麻あさ
イラスト／あまな

許嫁が出来たと思ったら、その許嫁が
学校で有名な『悪役令嬢』だったんだけど、
どうすればいい?4

疎陀 陽
イラスト／みわべさくら

王都を危機から救ったことで裏社会の組織をクビになったアルス。念願だった普通の生活を満喫しようとするが平穏とは遠い日々で!?

組織を辞め、『普通』の学生となったアルスが迫られる究極の選択とは!? さらにアルバイトにも挑戦し、秘めた実力を発揮する…!!

最終決戦で仲間に裏切られた勇者を助けたのはまさかの魔王!! 魔族の生活を守りたい魔王ヴィラと、訳あって政略結婚することに!?

「許嫁」の関係よりもお互いを大切にしたいふたりに、新たな刺客が!? お隣に東九条本家の令嬢・明美が引っ越してきてひと波乱!!

ダッシュエックス文庫

劣等眼の転生魔術師
～虐げられた元勇者は未来の世界を余裕で生き抜く～
柑橘ゆすら
イラスト／ミユキルリア

劣等眼の転生魔術師２
～虐げられた元勇者は未来の世界を余裕で生き抜く～
柑橘ゆすら
イラスト／ミユキルリア

劣等眼の転生魔術師３
～虐げられた元勇者は未来の世界を余裕で生き抜く～
柑橘ゆすら
イラスト／ミユキルリア

劣等眼の転生魔術師４
～虐げられた元勇者は未来の世界を余裕で生き抜く～
柑橘ゆすら
イラスト／ミユキルリア

眼の色によって能力が決められる世界。未来に魂を転生させた天才魔術師が、魔術が衰退した世界で自由気ままに常識をぶち壊す！

成り行きで魔術学園に入学したアベル。だが最強の力を隠し持つ彼を周囲の人間が放っておかない！　世界の常識をぶち壊す第２巻！

最強魔術師アベル、誰にも心を開かない「氷の女王」に懐かれる!?　一方、復讐を目論むテッドの兄が不穏な動きを見せていたが…？

古代魔術研究会に入会し充実した生活を送るアベル。だが上級魔族が暗躍し、その矛先が夏合宿を満喫する研究会に向けられる…！